commuting essay

옆 사람

세상에서
가장 고마운 사람은
바로 옆 사람

그대가 있으므로
내가 웃을 수 있고
내가 있으므로
그대도 웃는다

사람人자를 만드는
그대와 나

그대가 쓰러지면
나도 쓰러지고
내가 쓰러지면
그대도 쓰러진다

바로 옆에
그대가 있으므로
나는 행복하다

도서출판 한글

commuting essay

옆 사람

2025년 6월 05일 1판 1쇄 인쇄
2025년 6월 10일 1판 1쇄 발행
저　　자 심혁창
발 행 인 심혁창
교　　열 송지숙
디 자 인 박성덕
인　　쇄 김영배
마 케 팅 정기영
펴 낸 곳 도서출판 한글
우편 04116
서울특별시 마포구 신촌로 270(아현동) 수창빌딩 903호
☎ 02-363-0301 / FAX 362-8635
E-mail : simsazang@daum.net
창　업 1980. 2. 20.
이전신고 제2018-000182
* 파본은 교환해 드립니다.

* 정가 13,000원
* 국민은행(019-25-0007-151 도서출판한글 심혁창)

ISBN 97889-7073-644-0-13810

머리말

세상에 옆 사람처럼 고마운 사람도 없습니다.

집에서는 가족이, 길에서는 이웃이, 차에서는 승객이 바로 옆 사람이지요. 우리나라 사람은 남자는 무뚝뚝하고 여자는 새촘하지만 내가 먼저 인사하면 금방 친절해지고 정다운 옆 사람이 됩니다.

그럴 때는 사랑도 주고 무엇이든 더 주고 싶은 마음이 생깁니다.

나는 다행히 내가 발행하는 「울타리」를 가지고 이렇게 합니다.

"책읽기 좋아하세요?"하면 "아니오, 스마트 폰이 있어서"합니다.

그럴 때 나는 스마트 북 「울타리」를 보이면서

"스마트 폰을 보다가 지루할 때나 시간 짬이 날 때 보시면 좋은 읽을거리가 있습니다."하고 드립니다.

책을 안 좋아한다고 하면서도 99%가 받아들고 고마워합니다.

이 책은 서울서 이사한 후 3년간 수원과 서울을 무궁화호로 출퇴근하며 옆 좌석 승객을 통하여 받은 느낌과 일상에서 마음다듬기를 한 소박한 이야기입니다.

지금은 독서인구가 줄어서 책 발행하기가 매우 조심스럽습니다.

그래도 내가 겪은 소중한 이야기를 누군가와 나누고 싶어서 한정판 소량을 발행하여 내놓습니다.

지은이 심혁창

목차

옆 사람 1

돈과 인생

세상에는 옆 사람보다 좋고 고마운 사람도 없다.

그러나 세상에서 옆 사람보다 무섭고 위험한 사람도 없다

나에겐 도전이 있을 뿐 나이는 없다.

나이로 인생을 살지 말고 달리는 내 뒤에

나이가 따라오게 살자!

도전하는 내 앞에 나이야 물러서라!

❀ 본대로 들은 대로

나는 출근할 때는 수원역에서 전철을 타고 퇴근할 때는 서울역에서 무궁화호를 탄다.

아침 경로석 옆자리에서 두 영감이 하는 신세타령을 들었다.

"돈이 원수야, 자식 잃고 돈 잃고 이게 뭐야."

"이 사람아, 나는 돈이 없어 잃을 것도 없네. 잃을 돈이라도 있어 봤으면 소원이 없겠네. 자네는 행복해."

"행복? 얼어 죽을 행복. 못된 자식 돈에 미쳐 제 앞으로 해준 땅 다 팔아 경마장에 바치고 알거지가 되어 어디로 갔는지 알 수도 없고 그 놈이 판 땅은 지금 신도시계획으로 황금 땅이 되었단 말일세. 자식이 원수

야 원수. 그 땅을 내 이름으로 가지고 있었으면……. 아이구! 속 터져."
"죽은 자식 부랄 만지면 뭣해. 다 잊을 건 빨리 잊는 게 좋아. 나 보게 나는 자네 같은 돈 많은 전성기도 없이 인생을 살아 왔어."
"차라리 돈 없이 살았더라면 돈 병은 안 걸렸을 거구먼. 자식 믿고 통장까지 맡긴 내가 돌대가리지."

나는 그들의 이야기를 들으며 돈에 대한 금언을 떠올렸다.
* 돈으로 산(買) 사랑은 돈 떨어지면 떠난다.
* 사랑에 돈 때가 묻으면 진실이 달아난다.

* 의사가 가지면 치료기구가 되고 악한이 가지면 살인도구가 되는 칼처럼 돈은 가져야 할 사람이 가질 때 제값을 한다.
* 담배나 술 중독보다 무서운 건 돈 중독증이다. 돈 중독자는 모아 놓고 자기는 못 쓰고 다른 사람이 쓰게 만든다.

* 돈으로 지옥을 사는 사람은 78, 천국을 사는 사람은 22.
* 돈을 유산으로 남기면 돈이 자식을 마음대로 하지만 아름다운 정신 유산을 남기면 자식이 더 아름답게 가꾼다.
* 돈은 잘 쓰면 좋은 하인이지만 잘못 사용하면 무서운 주인이 된다.

이런 생각들을 하다가 결론을 내렸다.
'돈이란 쓸 때는 좋은 하인, 벌 때는 독한 주인'이라고.

옆 사람 2

경로석의 어른들

하루에도 몇 번씩 타는 전철에서 이런 저런 모양을 보지만 너무 그런 이야기만 쓰는 것 같아서 안 쓰려 했는데 어쩔 수 없이 이번 한번만 더 쓰기로 한다.

전철 가운데는 젊은이들 자리이고, 양쪽 구석자리는 경로석이다. 오늘은 경로석이 만원이라 노인 넷이 가운데 일반석으로 가서 손잡이에 줄줄이 매달렸다. 앞에는 젊은이들 일곱이 당당하게 앉아 있고.

누가 자리 양보를 해줄까 하고 바라보았지만 아무도 양보하지 않았다. 마침 다음 정거장에서 한 젊은이가 내렸다. 그럴 경우는 바로 앞자리는 영감이 앉는 것이 상식인데 그분이 앉지 않고 옆에 사람에게 말했다.

"이리 앉으시지요."
"아닙니다. 가까이 계신 분이 앉으세요."
"아닙니다. 저는 예순 여덟밖에 안 됩니다."
"동갑이십니다. 그냥 앉으십시오."

먼저 사람이 그 옆 사람을 향해 말했다.
"저보다 연상으로 보이시는데 앉으시지요."

"아닙니다. 저는 일흔밖에 안 됩니다."

그리고 더 옆에 어른을 향해 말했다.

"아무래도 연장이신 것 같은데 이리로 앉으시지요."

그분이 웃으며 자리로 가서 앉으며 말했다.

"감사합니다. 저는 일흔 넷입니다. 나이만 먹어서 죄송합니다."

나는 그들의 대화를 들으며 참 아름다운 마음씨를 가진 분들이구나 생각하며 기뻐했다. 그러면서 한편으로 작은 분노가 가슴 바닥에서 일어나는 것을 느꼈다.

노인들이 그렇게 자리를 양보하고 있는데 양쪽에 셋씩 여섯 명의 젊은이들이 얼굴색 하나 변하지 않고 그 장면을 구경만 하고 있었다는 점 때문이다.

만약 내가 그 자리에 있었더라면 나는 노인들의 그 모습을 빤히 바라볼 자신이 없다.

나는 젊은이들에게 소리치고 싶었다.

"이 사람들아 일어나! 여기가 경로석이 아니라도 부모 같고 할아버지 같은 분들이 이래야 되겠니? 양심도 없는 것들!"

언제가 부산에서 보니 버스에 이런 표어가 붙어 있었다.

「나는 젊었거늘 서서 간들 어떠리.」

경로석이 생긴 이후로 젊은이들이 노인에게 자리 양보를 하지 않고

'왜 경로석 두고 여기 와서 기웃거리느냐'고 항의할 것 같아 젊은이들 앞으로 가지 못한다.

그리고 경로석에는 나보다 더 높은 90대 노인들이
'자네도 늙었다고 왔어?'
할 것만 같아 텅 빈 자리가 아니면 마음 놓고 앉기가 불편하다.
내 나이 85는 아직 청춘 아닌가.

옆 사람 3
멧돼지

나는 하루 일을 마치고 퇴근하면 서울역으로 가서 무궁화호 1호칸 31번 석에 앉는다.

나는 좌석에 앉는 순간부터 마음이 편안하고 기분이 좋아진다. 그렇게 날마다 30분씩 수원까지 쉬지 않고 한 번에 씽씽 달리는 동안 나는 스트레스와 피로가 풀리고 기분이 좋아진다. 이게 바로 힐링이라는 것인가 보다.

그것도 모르는 친구들은 나를 보고 피로하겠다, 고생한다고 위로한다. 그러나 나를 따라 한번 씽씽 달려보면 내 기분을 알 거다. 그렇게 30분의 쾌속 주행 속에 나는 남모를 즐거움을 누리는 것이다.

그런데 어느 날 갑자기 문제가 생겼다. 처음에는 못 느꼈는데 날이 갈수록 내 옆 좌석에 누가 와서 앉느냐에 신경이 쓰이기 시작했다.

31번 석은 창 쪽이다. 그래서 나는 그 자리에 고정적으로 티켓을 예매하여 앉는다. 하루는 창문 커튼을 열고 기분 좋게 앉았는데 옆자리에 멧돼지처럼 두리두리한 몸집에 헝클어진 머리며 우락부락한 얼굴이 흉하게 생긴 사내가 머리를 들이밀며 기차표를 내 앞에 쑥 내밀었다.

자기가 창쪽이라는 것 같아 내가 티켓을 보여주었더니 무서운 얼굴로 쿵하고 의자가 들썩이도록 앉았다. 그리고 바로 벌떡 일어나 배를 쑥 내밀고 내가 열어놓은 커튼을 확 잡아당겨 닫아놓고 제 자리에 앉아 사방을 두리번거렸다.

나는 순간 매우 불쾌했다. 그러나 그 사내가 하도 험상궂고 무섭게 생겨서 찍소리도 못하고 얌전히 앉아 들고 있는 책에 눈길을 던졌다. 30분이면 내릴 것이니 기분 상하지만 30분만 참자하고 감정을 가라앉혔다.

그 사람은 몸을 비틀기도 하고 머리를 벅벅 긁기도 하고 쩝쩝거리며 몸부림을 쳐댔다. 나는 속으로 똥 묻은 돼지우리에 갇혔구나 하고 참자, 참자 견디었다. 이윽고 수원역이라는 안내방송이 나왔다.

그 소리를 듣자마나 그 사내가 벌떡 일어서며 길을 열어주었다. 내가 자리를 비우자마자 그 사내는 31번 석에 냉큼 앉아 등에 진 보따리를 32번 석에 풀어놓았다.

누군가가 창가 쪽 티켓을 들고 온다면 어떨까 생각하며 차에서 내렸다. 그런 일이 있고 난 다음날부터 내 옆자리에 누가 와서 앉느냐 하는 트라우마가 생겼다.

옆 좌석에 누가 와서 앉느냐가 하루 기분을 결정지어 주는 주인공이 되는 것이다. 짧은 시간이지만 어떤 사람과 앉느냐를 놓고 30분 겪는 이야기도 생겼다.

옆 사람 4

아름다운 동승자

나는 퇴근길에 서울역서 무궁화호 1호차 31번 석에 앉아 내가 지은 판타지 탈장르 '돈'이라는 제목의 책 가운데 한 곳을 읽고 있었다. 내용의 한 토막에--

'오만 원짜리 한 장에도 벌벌 떨던 내가 일억도 아니고 십억도 아니고 백억이 통장에 들어왔다. 그 기쁨을 무슨 자로 잴 것이며 그 기쁨을 무슨 그릇으로 담아낼 것인가. 그런 돈을 가져본 자만이 기쁨의 크기를 알리라'

'아내도 모르게 산을 사고 아무도 모르게 산을 팔아 백억을 가진 부자가 된 거다. 밥을 굶어도 배부르고 세상이 온통 내 것 같고 부러울 것이 하나도 없다. 이런 걸 행복이라고 하는 걸까?'

'하늘을 보아도 웃음이 나오고 화장실에 가서도 웃음이 나온다. 친한 친구한테 자랑도 하고 싶다. 그러나 이 행복한 비밀을 어찌 알리겠는가. 절대 혼자의 비밀이다 흐흐흐……'

이 대목을 읽고 있는데 열차가 영등포역에 도착했고 입구 문이 열리고 단아한 여자 승객이 들어섰다. 차림새가 깔끔하고 머리 모양부터가 교양

있게 느껴졌다. 정말 돈만큼이나 귀하게 보이는 여자였다.

적당한 키에 동그란 얼굴이 나를 사랑해주시는 어느 분 같은 인상이었는데, 그 여인이 바로 내 옆 좌석 32번 석 앞에 멈춰 서서 허리를 가볍게 숙이며 앉겠다는 눈빛을 보냈다.

우락부락한 사람을 만났던 기억 때문에 요조숙녀 같은 분이 와서 앉으니 기분이 좋았다.

40대 후반쯤 보이는 숙녀는 자리에 앉자마자 백에서 두툼한 책을 꺼내어 읽기 시작했다. 무슨 책을 읽을까 궁금하여 곁눈질로 보니 세계적 인물평론 같았다.

너무 얌전하고 자세가 정숙하여 감히 말 붙일 엄두가 나지 않았다. 무슨 책일까 궁금하여 고개를 약간 숙이고 표지를 보고 싶었지만 볼 수가 없었다. 시간이 좀 흐른 뒤 염치 불구하고 말을 건넸다.

"독서중이신데 죄송합니다. 독서를 좋아하시는가 보지요?"

여승객은 아주 겸손히 받았다.

"네, 저는 책을 아주 좋아해요."

"그러시군요. 그 책은 무슨 책인가요?"

그분이 책 표지를 보여주었다. 내용은 한글이었는데 표지는 영어로 되어 있었다. 무슨 책인지 모르는 단어로 되어 부끄러운 생각이 들었다. 나는 가지고 있던 스마트 북 〈울타리〉를 내밀면서 말했다.

"혹시 이런 책 보셨나요?"

"못 보던 책인데 표지 색깔이 제가 좋아하는 색이네요."

"드려도 될까요?"

"그냥 주시겠다고요?"

"예, 제가 만든 책으로 스마트 폰에 빠진 사람들이 책도 좀 사랑하시라고 독서운동 차원에서 만든 것입니다. 포켓 스마트 북이지요."

그녀는 책을 받아들자 바로 머리말을 읽고 난 다음 말했다.

"맞는 말씀이에요. 요새 사람들이 모두 스마트 폰에 빠져서 독서하는 사람을 볼 수가 없어요. 우리나라만 이런 현상인 것 같아요. 좋은 생각을 하셨네요. 주시는 책이니 끝까지 꼭 읽어보겠습니다."

이때 안내방송이 나왔다. 수원역입니다. 내리실 문은 왼쪽입니다.

나는 무슨 이야기든 더 하고 싶었지만 일어설 수밖에 없었다.

그분은 어디까지 가는지 무엇을 하시는 분인지 알고 싶은 것이 많았는데 아쉽게 내리지 않을 수 없었다.

아쉬운 인사를 나누고 차에서 내렸다.

책을 사랑하고 내 생각에 동의하시는 분을 만났다는 것만으로도 매우 흐뭇한 퇴근길이었다.

옆 사람 5

담배 피는 오골계

나는 시간관념이 강해서 서울역 무궁화호 1호 칸에 가장 먼저 오른다. 내 자리 31번 석은 날마다 날개를 펴고 나를 반긴다.

바로 옆 32번 석엔 누가 오실까 하고 기다려본다. 그러면서도 멧돼지만 오지 말았으면 하고 빈다.

그런데 오늘은 바로 32번 석에 60은 되어 보이는 새까만 옷에 새까만 얼굴의 오골계같이 왜소한 사람이 오더니 좌석에 날름 앉았다. 마음으로는 '반갑습니다 어서오세요' 하고 싶은데 날마다 그게 안 된다. 내 맘이 그만큼 깡마른 이유일 거다.

열차가 서울역을 31분에 떠나면 10분 만에 영등포역에 도착. 그리고 영등포역에서 3분 정차 뒤 20분을 달리면 수원역. 그러니 옆 사람과 나의 동행은 서울서 만나면 30분, 영등포서 만나면 20분이다.

그 60대하고는 30분을 동석해야 하는데! 아이구! 맙소사! 그 사람이 앉자마마 우리 좌석은 담배냄새가 진동했다. 내가 가장 싫어하는 게 담배냄새다. 마스크를 썼는데도 냄새가 파고들어 괴롭기 시작했다.

나는 얼굴을 창밖으로 돌렸지만 얄미운 냄새가 돌린 얼굴도 무시하고 콧속으로 파고들었다. 만석이라 다른 좌석으로 갈 데도 없었다. 한참 괴

롬을 당하며 '하나님 나 좀 살려주세요. 숨이 막혀 죽을 지경입니다' 하고 있을 때 40대 후반으로 보이는 여자 승객이 다가와 자기가 32번 석이라면서 자리를 내달라고 했다.

그러나 60대가 화를 벌컥 냈다.
"와 내 자리를 내달라카는교?"
"이 자리는 제 자리라예, 비워 주이소."

두 사람이 다 경상도다. 자리를 비워 달라 못 한다 약 4분간 실랑이를 했다. 시끄럽고 답답하여 내가 끼어들었다.

"미안하지만 두 분 차표를 봅시다."
두 사람이 내민 표를 보고 나는 '아이고, 살았다' 하고 쾌재를 불렀다. 60대 영감 표는 2호차 32번 석이었기 때문이다. 내가 솔로몬 판결을 했다.
"어른께서 잘못 타셨습니다. 2호 칸으로 가세요."

영감이 하는 소리.
"무신 놈의 표가 이랬다 저랬다카노, 에이 더러버서."
그러면서 자리를 떴다.

얌전하게 생긴 여승객이 자리에 앉으면서 나한테 고맙다고 눈인사를 했다. 그리고 물었다.
"선생님예, 어디까지 가십니꺼?"
"수원입니다."

"선생님이 가만히 계셨으면 오늘 시껍할 뻔했십니더."
"압니다. 어디까지 가시나요?"
"대구갑니더."
"네. 여행중에 읽을 책은 가지고 계신가요?"
"난 책 안 좋아합니더. 스마트 폰이 책보다 얼마나 좋십니꺼."
"그래도 책도 보셔야 합니다. 제가 책 선물해 드릴게 한번 읽어 보세요."

그러면서 〈울타리〉를 내밀었더니 물었다.
"이 책 거저 주신다고예?"
"예, 그 대신 다 읽어 보시고 다른 책도 구하여 읽으세요."
"고맙십니더. 저도 학생 시절에는 독서를 좋아했는데 우찌다 보이 책하고 멀어졌십니더."
"다들 그렇습니다. 전자문명이 출판문화를 무너뜨렸기 때문입니다."
"선생님은 뭐 하는 분이십니꺼?"
"저요?"
이때 방송이 나왔다. 수원역입니다. 내리실 문은 왼쪽입니다.
나는 대답을 못하고 '안녕히' 하고 인사하고 일어섰고 부인은 내 뒤에 대고
"고맙십니더. 주신 책 꼭 읽겠십니더." 했다.
나는 그 말이 고마워서 한 번 더 바라보고 인사를 하고 차에서 내렸다. 사람들이 대개 책보다 스마트 폰이 좋다고 하면서도 책을 주면 읽는다. 한국인은 모두가 지식인이기 때문에 책을 멀리하는 것 같지만 실은 책을 사랑하는 사람들이다.

옆 사람 6

빈자리와 동행자

서울역 17시 31분발 부산행 무궁화 1호칸 31번 석은 내 자리다. 출발하여 10분간 달리면 영등포역인데 오늘은 옆자리가 비어 있었다. 영등포역에서 누군가가 타기를 기다렸다.

날마다 옆자리에 멧돼지만 오지 않기를 바라면서 어떤 사람이 와서 앉을까 기다렸다.

영등포역에서 승객들이 줄을 서서 들어섰다. 통로 맨 앞에 두더지 같은 젊은이가 들어서고 이어 토끼같이 예쁜 아가씨가 들어섰다.

나는 속으로 두더지는 안 돼, 토끼가 좋아 하고 토끼가 오기를 바랐지만 두더지도 토끼도 내 곁을 그냥 지나갔다. 그 뒤를 안경을 쓴 멋쟁이 기린 같은 여자가 꺼덕꺼덕 또 그냥 지나갔다. 그 뒤를 너구리 영감이 허리를 굽적거리며 들어섰다.

난 '영감은 싫어, 오지 마' 했다. 그런데 그도 꺽꺽거리며 고맙게도 나를 무시하고 지나갔다. 또 백조같이 날씬한 여자가 나타났다. 나는 기대를 가지고 여기 앉아요 했지만 그녀는 오다 말고 앞 좌석에 날름 앉고 등을 돌려댔고, 그 뒤를 거위같이 긴 다리를 한 중년이 들어섰다.

난 당신 싫어 오지 마 했지만 그도 나를 무시하는 듯 건너편 자리에 풀썩 앉았고 결국 차는 떠났다. 내 옆자리는 승객 없는 빈자리!

오! 이럴 수가. 누군가가 옆자리에 앉아야 그 사람을 볼 건데 아무도 안 오고 나는 외로운 외톨이가 되고 말았다. 지난 날 곁에 앉았던 사람들 생각이 났다.

새까만 모자를 쓰고 굴뚝새처럼 앉았다 쌩하고 떠난 여자, 핸드폰을 서울서 어디까지 가는지 수다를 떨던 여자, 멋대가리 없이 늑대처럼 앉아 한숨만 쉬던 사내. 그런 사람이라도 와서 앉았으면 외롭진 않았을 거야.

동행자가 귀한 것이라는 걸 실감하며 생각에 잠겼다.

지구 70억 인구 중에 한자리에 와서 나란히 앉았다가 헤어지는 사람, 수많은 사람을 다 물리치고 30분도 아닌 60년을 같이 살며 사랑하고 자식 낳고 늙도록 떨어지지 않고 산다는 부부, 얼마나 귀한 만남인가.

악처도 하나님이 짝지어주신 것이고 현처도 하나님이 짝지어 주신 것이 아니면 그 많은 사람 가운데 부부로 만난다는 엄연한 사실이 얼마나 신기하고 귀한가.

악처 크산티페가를 만나 살던 소크라테스, 마누라가 버럭버럭 욕을 해대며 머리에 물동이를 퍼부었을 때

"천둥이 친 다음에는 비가 내리는 법이지"

했다던 철학자.

친구가 '그런 여자와 어떻게 사느냐 내쫓아 버리지' 하고 말하자

"여보게, 내가 내 아내가 하는 짓을 참으면 세상에 못 참을 일이 뭐가 있겠나?"

하고 아내를 통하여 인내 철학을 배웠다면서

"결혼하여 현숙한 아내를 만나면 행복해서 좋고, 사납고 험악한 아내를 얻으면 철학자가 될 테니 아니 좋은가"

하였다는 소크라테스를 떠올렸다.

옆자리에 '예쁜 여자가 와서 앉으면 30분 동안 행복하고 험상궂은 사람이 와서 이상한 짓을 하면 인내력을 배우게 될 테니 좋지 않은가'

이렇게 생각하면서 아무튼 혼자 가는 것보다는 미녀 꾀꼬리가 오든, 수다쟁이 참새가 오든, 뒤뚱거리는 오리가 오든, 능글맞은 너구리가 오든, 사나운 늑대, 꼬리치는 여우가 오든 기다려졌다.

누군가가 와서 내 곁에 앉는 사람은 나한테 인생을 가르칠 교사라는 것을 새삼 느끼게 하는 빈자리였다.

달리는 창가에서 밖을 내다보며 세상과 인생은 거기서 거기, 다 그런 것이지 뭐하고 생각하는 사이 "여기는 수원입니다. 내리실 문은 왼쪽입니다." 방송 소리가 나를 차 밖으로 밀어냈다.

옆 사람 7

가지 마! 할아버지

내가 열차에 오르는 순간 뒤를 바짝 따라오던 사람이 31번 석 바로 내 옆자리까지 와 털썩 앉았다.

나도 할배면서 내 또래 할배하고 나란히 앉는 것은 싫었다. 그 사람은 머리숱이 우거진 수풀같이 새까맣게 이마를 덮고 눈썹까지 붙은 할배였다.

그 울창한 머리숱이 대머리인 나한테는 부러운 대상이다. 그래서 속으로 그 머리숱 반만 나를 주면 피차 좋겠소 하고 생각하는데 바로 내 앞 좌석 등에서 하얀 이마에 반달눈썹, 예쁜 눈이 반짝하고 내밀었다. 마스크에 가린 눈만 보이는 얼굴이 귀여웠다.
그리고 아기가 까악 소리를 치며 숨었다.

나는 아기가 참 예쁘다고 생각하는데 잠시 후 또 앞자리 등받이에서 얼굴을 쏙 내밀었다. 아기 눈과 내 눈길이 마주쳤다. 아기가 방긋 웃는 순간 옆에 할배가 손을 들어 때리는 시늉을 했다.

아기가 귀여운 소리로 옆 할배를 향해 "아저씨 미워!" 하더니 나를 향해 "할아버지 좋아!"했다.

나를 좋다고 하는 소리는 반가웠지만 옆 사람한테는 아저씨라고 부르고 나한테는 할아버지라고 하는 소리가 은근히 섭섭했다.

그때 아기 엄마가 아기를 자리에 앉히며 꾸짖는 소리가 들렸다.

"그러면 못써" 하는 소리였고 아기는 "할아버지 좋아. 난 할아버지 볼 거야!"하더니 아이가 또 자리에서 일어나 얼굴을 쏙 내밀고 손까지 내밀었다.

나하고 손가락을 걸자는 신호였다. 나는 아기 손을 가만히 만져주었다. 아기가 예쁘게 웃었다.

그러나 엄마가 다시 끌어 앉히며 꾸짖었다. "자꾸 이럴 거야!"하는 소리에 아기는 "나 할아버지한테 갈 거야!" 그러더니 엄마를 밀치고 뒷자리로 와 나한테 왔다.

아기도 나도 마스크를 하여 눈만 맞추었다. 아기가 내 무릎에 안겼다. 하얀 양털 스웨터가 보드라웠다. 아기는 나를 보고 "할아버지 이거 벗어" 그러면서 내 마스크를 잡아당겨 벗기고 제 마스크도 벗었다.

뽀얀 볼에 예쁜 입이 분꽃 같았다. 아기는 웃으며 "할아버지 모자도 벗어."했다.

요런 깜찍한 놈 봤나.

아기가 명랑하고 밝았지만 모자까지 벗어 보라는 말에 약간 주저하면서 벗었다. 아기가 깔깔 웃으며

"할아버지 대머리야?"했다.

"그래, 대머리다. 미우나?"
"아니, 할아버지 좋아."
"넌 이름이 뭐냐?" 묻자
"양수빈이야."
"몇 살?"
"네 살!"
그러더니 내 나이를 물었다.
"할아버지는 몇 살이야?"
"여덟 살."
"그렇게 많아?"
"그래."

옆에 할배를 가리키며 "저 아저씨는 수염이 많은데 왜 할아버지는 수염이 없어?"
"면도를 해서 없다."
"면도가 뭐야?"
별걸 다 묻네 하고 생각하는데 도 물었다.
"할아버지 얼굴은 왜 이렇게 생겼어?"
"늙어서 그렇다. 미우나?"
"아니, 할아버지 좋아."

아이가 꼬박꼬박 옆 할배는 아저씨라고 부르고 나는 할아버지라고 부르는 것이 불만스럽기는 해도 그 할배보다 나를 좋아한다는 것만으로 나는 위안이 되었다.

"할아버지 어디 가?"
"수원."
"수원이 부산보다 멀어?"
"아니. 넌 어디까지 가?"
"부산 할머니한테 가."

순식간에 20분이 지나고 방송이 나왔다. 여기는 수원입니다. 내리실 문은 왼쪽입니다. 나는 자리에서 일어섰다. 아이도 따라 일어서며 물었다.
"할아버지 어디 가?"
"할아버지는 다 왔다. 수빈이 잘 가,"
"안 돼. 가지 마!"
아이가 나를 따라오려 하자 아기 엄마가 잡아 안으며 말했다.
"할아버지는 지금 내리셔야 해."
"안 돼, 할아버지 가지 마."

나도 실은 아기와 더 멀리 가고 싶었지만 어쩔 수 없었다. 나는 거짓말을 했다.
"엄마하고 기다려. 빨리 갔다 올게."
"빨리 와야 해."
"알았어. 잘 가 수빈아."
아기가 '가지 마' 하는 목소리를 귀에 묻힌 채 차에서 내렸다.

그리고 돌아서서 떠나는 차를 보며 생각했다.

인생은 그렇게 만났다 헤어지는 것,
세월의 목적지에 이르면 그렇게 헤어지는 것,
아름다운 추억도 내려놓고
사랑도 미움도 내려놓고 떠나는 것.

열차가 멀리 꼬리를 감출 때까지 내 맘은 아기를 따라가고 있었다.

옆 사람 8
잠꾸러기 하이에나

나는 날마다 열차 한 칸 전체 좌석 72석 중 가장 먼저 차에 오른다. 자리에 앉아 누가 내 옆에 오려나 기다리는 것도 재미있는 습관이 되었다.

오늘은 문이 열리고 승객들이 주르르 들어왔다. 앞에서 열 명쯤은 아가씨들이었는데 모두가 미인들이었다. 어디서 그렇게 예쁜 아가씨들이 많이 모여 올까?

내 옆자리에 그 예쁜 여자들 가운데 누군가가 와서 앉을 테지 하고 기대감으로 차 있는데 줄을 서서 들어오는 아가씨들 맨 끝에 하이에나같이 뒤숭숭한 차림의 사람이 어슬렁거리고 따랐다.

나는 속으로 '저 사람만은 옆자리에 오지 말라! 아가씨들 가운데 안 예뻐도 좋으니 제발 아가씨가 와 다오'하고 빌었다. 그런데 실망스럽게도 아가씨들이 모두 지나가고 마지막에 따라오던 시커먼 하이에나가 내 옆에 오자마자 털썩!

이크! 하필이면 왜 왜?

차는 출발했고 하이에나는 앉자마자 배를 쑥 내밀고 다리를 쩍 벌리고 앉더니 어딘가에 전화를 시끄럽게 해대면서 나를 힐끔거렸다. 나는 참담

한 심정으로 창밖으로 눈길을 던지고 침묵.

다행인 것은 그에게 담배 냄새와 향수 냄새가 안 나서 좋았다. 자리에 앉은 지 10분도 안 되어 꾸벅거리더니 머리를 내 어깨에 얹었다. 나는 뿌리칠 수가 없어 그의 베개가 된 채 어깨를 내주고 생각에 잠겼다.

어디서 와서 어디로 가는 사람인지 몰라도 20분이지만 한자리에서 만났으니 지구 인구 전체 70억분의 1의 인연이 아닌가 하고 나는 피식 미소를 지었다.

거칠게 생긴 하이에나, 무슨 잠이 그렇게 빨리 드는지 신기하기도 했다. 어쩌면 고된 일을 하다가 어디론가 급한 일로 가는 모양이다.

머리도 헝클어지고 허름한 점퍼에 흙이 묻은 구두를 보니 측은한 생각마저 들었다,

첫인상이 하이에나 같다는 선입견을 떨치고 고되게 살아가는 한 나그네 인생을 떠올렸다. 나도 그 중의 하나가 아닌가 생각하며 쓸어보니 그 사람은 나보다 나이가 한참 아래로 보였다.

좋다, 편히 주무시라. 내 아우도 그대쯤 될 테니 아우로 알고 20분은 어깨를 내줄 테니 좋은 꿈이나 꾸시라.

짧은 20분은 금방 지나가고 "이번 역은 수원입니다. 왼쪽 문으로 안녕히 가십시오." 방송.

나는 어깨를 빼고 일어섰고 하이에나는 눈을 감은 채 길을 열어주었다. 피차 인사도 없이 그렇게 그는 어디론가 가고 나는 나대로 20분 인연은 안녕이다.

옆 사람 9

아이고 답답해

17시 31분 부산행 무궁화호 1호칸 31번석.

12월 2일 승차하여 창밖을 내다보는 사이 내 옆에 한 아가씨가 나비처럼 아무 기척도 없이 날아와 앉았다.

힐끗 옆모습을 보니 대단한 미인이었다.

"어디서 이렇게 예쁜 아가씨가 나타났지? 30분 동안은 기분이 짱이겠는데? 하이에나나 담배통 돼지하고 앉아 가는 것보다 얼마나 즐거운가."

얼굴을 제대로 보지는 못해도 미인임은 틀림없었다. 그래서 곁눈질로 지켜보니 스마트 폰을 들고 있는데 외국 국회의사당 같은 큰 건물 사진만 들여다보고 있었다.

영국 국회의사당 같기도 하고 독일?

프랑스? 왜 그런 것들만 들여다보고 있을까?

"이 사람은 책을 잘 안 보는 사람이다. 이런 사람한테 〈울타리〉를 안겨주어 책을 보게 해야겠다."

이렇게 생각한 나는 가방에서 울타리를 꺼내들고 말을 건넸다.

"아가씨, 실례해요. 책 읽기를 좋아하지 않으시는 것 같은데……."

파란 눈의 아가씨가 얼굴을 내게 돌렸다.
"이크, 이게 뭐야? 우리나라 사람이 아니잖아!"

아가씨가 웃는 얼굴로 뭐라고 했다. 잘 알아들을 수가 없어서 어느 나라 사람이냐고 물었다. 그녀는 웃으면서 "독일!" 하고 한 마디. 내가 울타리를 잘못 내밀었구나 생각하며 물었다.

"한글을 아시나요?"
"한글, 조금 몰라."
"그럼, 이 책 여기 한번 읽어 볼래요?"
나는 울타리 내용 중 〈아빠하고 엄마하고 쌈이 났어요〉라는 동화 제목을 보여주었다.

아가씨는 웃는 얼굴로 그 제목을 또박또박 읽으면서
"나 한글 조금 몰라."했다.
나도 반말로 물었다.
"이 책 받아!"

울타리를 내밀자 고맙다는 눈으로 "나 가져?"한다.
"그래 가져, 그리고 읽어 봐. 이 책은 책읽기 안 좋아하는 사람들한테 주는 책이야."

그녀는 내 말이 길어지자 못 알아듣는 듯 독일말로 뭐라고 대답하는 것 같은데 알 수가 없었다.

독어는 고등학교 때 제2외국어 선택으로 쥐꼬리만큼 배운 게 전부인데 다 까먹고 겨우 데르데스뎀뎀 뭐 그런 알파벳 몇 개만 머리에 남았으니 내가 그 말을 알아들을 수가 없어서 입을 다물었다.

그녀가 물었다.
"독일 알아?"
"알아, 나 독일 두 번 가보았어."
"어디 갔어?"
"쾰른, 함브르크."
그랬더니 웃으며 좋아했다.

"퀠른 @#$%^!@#$^& 어쩌고 저쩌고……"
하는데 또 멍청.

내가 바보처럼 바라보고 있으니 웃는 눈으로 바라보기에 "어디까지가?" 했더니 무슨 소린지 대답을 하는데 알 수가 없어서 멍청해 있자 그녀가 스마트 폰을 내밀었다.

전자 예매표 서울에서 구미 1호차 32번 석이라고 되어 있었다. 나도 31번 석을 보여주었더니 소리 내어 웃었다. 우리는 동행자라는 생각으로 웃는 거 같았다.

이렇게 몇 마디하고 그녀는 한손에는 울타리를 들고 다른 손에는 스마트 폰을 들고 또 그 의사당 같은 건물만 들여다보았다. 그리고 20분 동안 이따금 웃음을 주고받았고 나는 무슨 말인가 하고 싶었는데 못하고 그녀가 뭐라고 말하면 알아들을 수가 없어서 그냥 아이고 답답해, 답답해하는데 안내 방송, 여기는 수원역입니다.

내가 일어서자 아가씨 발딱 일어서는데 앉았을 때는 나보다 작은 키 같았는데 수숫대처럼 쭉 뻗은 다리에 장신이었다.

그리고 얼굴이 좀 전에 웃던 얼굴이 아니었다.

단정하고 정중하게 길을 열어주고 반듯이 서서 바라보는데 갑자기 정이 뚝 떨어질 만큼 엄숙한 자세였다.

그게 독일 인사법인가?

그리고 무슨 말을 하는데 못 알아듣고 굿바이 하려다, 그냥 반말로 “잘가!” 했더니 뭐라고 한마디를 하는데 답답.

잠깐이지만 반갑고 좋았는데 말이 안 통해 벙어리 귀머거리가 가슴으로 헤어졌다. 우리나라 사람은 헤어질 때 웃으며 ‘안녕’하는데 어째서 그녀는 그렇게 엄숙하게 굳어 있었을까?

옆 사람 10

이래도 모르겠소?

부산행 무궁화 1221호 1호칸.

나는 매일 똑같은 시간 17시 17분에 차에 오른다.

차 문을 열고 들어서서 두 번째 좌석 앞을 막 지나는데 누가 내 바지를 꽉 잡았다. 나는 누가 이래? 하고 발을 뛰려는데 또 꽉 잡고 놓지 않았다.

나는 기분이 상한 채 누가 이러나 하고 내려다보았다. 새까만 개똥모자에 마스크를 한 사람이 올려다보는데 날카로운 눈빛만 보일 뿐 누군지 알 수가 없었다.

나는 약간 불쾌한 감정으로 물었다.

"왜 이러시오?"

그러나 그 사람은 아무 대답 없이 내 바지자락을 잡아당겼다. 아무리 보아도 모르는 사람인데 시비를 거는 것이었다. 눈을 맞추고 살펴보면서 물었다.

"누구시오?"

그제야 한 마디

"나요."

"나라니요?"
"나 모르겠소?"
"글쎄요."
"이래도 모르겠소?"
그러면서 마스크를 벗었다. 그 얼굴을 보고 나는 깜짝 놀랐다.

"아니, 어떻게 이 차를 타셨나요?"
"날 그렇게 못 알아보시다니. 나는 한눈에 누구라는 걸 알아봤는데."
"참 오랜만입니다. 어디를 가시나요?"
"나 대전으로 이사 갔어요. 아들이 거기서 목회를 하기 때문에."
"그러셨군요."

상대를 알아보았고 서로 이런 저런 이야기를 한 5분 나누고 나는 내 자리 31번 석으로 갔다. 그분은 8번 통로 쪽 좌석에 앉아 나를 만나셨는데 차가 출발하자 그분은 자리에서 일어나 21번석 창가로 갔다. 그리고 잠깐 사이에 차는 수원역에 도착했고 나는 졸고 있는 분을 깨워 편히 가시라는 인사를 하고 내렸다.

무슨 이야기든 더 하고 싶은 것도 많은데 꿈결이듯 만난 그분은 기다란 꼬리를 단 열차에 실려 대전으로 떠났다. 차가 사라지는 것을 바라보자니 아쉬운 마음이 들어 쉽게 돌아서지지 않고 끌려갔다. 집으로 오면서 이런 후회를 했다.

"가방 속에 많이 있는 사탕과 〈울타리〉를 드렸어야 하는데 왜 그 생각이 지금에야 나나. 뭔가 드리고 싶었는데 겨우 마음도 못다 드렸으니 섭섭하다."

그러면서 이런 생각도 했다.

옛날 신작로 흙길로 걸어서 서울서 떠나 수원을 지나 대전까지 가는 친구라면 가다가 우리 집에서 들러 뭐라도 좀 마시고 가라고 잡을 수도 있는데 세상이 바뀌어 기계(차) 속에서 만나 기계가 하는 대로 살다 보니 사람 정은 기계가 빼앗아가고 인간미는 날로 멀어지는구나 하는 생각.

그분은 왜 바로 입구에 앉아 나를 잡았을까? 자기 자리는 21번 안쪽인데 그것도 이상하다. 내가 그 차를 탄다는 말이 정말인가 확인하고 싶어서 나보다 먼저 와서 나를 기다렸던 것일까?

내가 거짓말로 옆 사람 이야기를 쓰는 것인지도 모른다고 의심해서 그러셨을까?

근 30년간 한국문협회에서 함께 하신 분이지만 전직이 형사였기 때문에 그런 연극도 해 보셨는지도 모른다.

남성적 베이스 톤으로 시낭송을 멋지게 하시고 경주에서 내 사진을 찍어주시던 친절하신 장로님. 바로 이상인 장로님이었다.

옆 사람 11
눈이 예쁜 여자와 새우 눈

차 창가 31번 내 자리 옆으로 여자 둘이 왔다.

하나는 내 옆에 하나는 건너편 통로에 앉았다.

두 여자가 강 같은 통로를 두고 마주보며 수다를 떨었다.

서울역서 차가 출발시간까지 10분이 넘도록 다른 사람들은 생각도 않고 수다를 계속하는데 지켜보자니 안타까웠다.

바로 내 옆자리 여자는 늘씬한 키에 눈도 시원하고 예뻤는데 건너편 여자는 키도 작고 눈도 새우눈. 왕눈이와 새우 눈이 엄청 친한 사이 같았는데 통로에 건너 마주앉아 이야기를 하자니 얼마나 불편할까 싶어서 나는 배려하는 마음으로 자리에서 일어서며 말했다.

"두 분이 여기 나란히 앉아서 이야기하시지요. 제가 건너 자리에 앉을게요."

옆 자리 눈이 예쁜 여자가 겸손히 그러시지 말라고 사양했다.

그러나 건너편 새우 눈이 발딱 일어서며 반겼다.

"고마워요 아저씨. 제가 그 자리로 갈게요."

새우눈은 날래게 자리를 떴고 나는 그 자리로 가서 앉았다. 그리고 그들이 머리를 맞대고 이야기하는 것을 보고 그렇게 할 말이 많은 사람들이 왜 밖에서 못다 하고 여기까지 와서 할까 대단히 중요한 이야기 같지도 않은데 하고 머리를 돌렸다.

그런 생각을 하는 동안 차가 출발했고 나는 내릴 때가 다 되어 내가 일어나며 〈울타리〉 하나를 들고 물었다.

"두 분 중 어떤 분이 책을 좋아하시나요?"

하자 눈이 예쁜 여자가 금방 "저요"하고 대답했다. 그런데 새우눈 정 떨어지는 한 마디.

"요새 책 보는 사람 있나요?"

심드렁하게 말하는 소리에 약간 실망했지만 웃으면서 가지고 있던 울타리를 왕눈이 미인한테 주었다. 그랬더니 새우눈이 불만스런 한 마디.

"누군 주고 난 안 주나요?"

"책 안 좋아하신다면서요?"

"책은 안 읽어도 주시면 안 되나요? 한 권 더 없어요?"

나는 조심스럽게 말했다.

"앞으로 책하고 친해지세요. 하나 더 있습니다."

책을 건네주고 자리를 떴다. 왕눈이 미인은 자리에서 일어서서 인사를 깍듯이 하는데 새우눈은 내 자리 31번석 창가에 앉아 밖을 내다보고 샐쭉하니 딴 사람이 되어 있었다.

요새 책 보는 사람 있나요 하던 새우눈, 책은 안 읽어도 욕심은 있어서 갖고 싶었던 거다.

괘씸한 생각도 들었지만 책도 품고 있으면 목마를 때 물을 마시듯 무료한 시간이 있을 때는 읽으리라 생각하며 예쁜 왕눈이와 눈을 맞추고 웃으며 차에서 내렸다.

왕눈이 같은 미인이라면 부산까지라도 같이 가고 싶지만 새우 눈하고는 한 정거장도 같이 가고 싶지 않았다. 인생 부부 사이도 그러리라.

50년을 살아도 헤어지고 싶지 않게 즐거운 부부가 있고 결혼 첫날부터 삶이 지루한 사람이 있으리라.

결혼하고 지금까지 미우니 고우니 하면서도 웃는 날이 더 많게 지낸 부부는 하나님이 맺어준 한 몸이고 행복한 반려자인 것이다.

눈이 예쁘듯 마음도 예쁜 여자가 좋더라.

옆 사람 12

토끼 아가씨

나는 언제나 가장 먼저 차에 올라 31번 석에 앉는다. 그리고 누가 옆에 오려나 기다린다.

오늘도 줄줄이 들어서는 사람들 가운데 유독 눈에 띄는 희한한 명물이 나타났다.

새하얀 모자에 새하얀 양털오버의 새하얀 아가씨 토끼였다. 게다가 더 재밌는 건 양쪽 새까만 귀가 너풀거리고 이마 위 머리에는 새까만 방울들이 달려 더 흥미를 끌었다.

재미있게 생긴 귀여운 토끼가 어디로 가서 앉을까 하고 바라보는데 사뿐사뿐 오더니 내 옆 32번 석에 토끼처럼 앉았다. 순간 나는 마치 구슬따기에서 구슬을 딴 기분이었다.

아가씨는 마스크 얼굴이라 알 수는 없었지만 눈이 예쁘게 보였다. 그런데 이 아가씨 어딘가 전화를 한참 하는데 낭랑한 목소리는 틀림없는데 무슨 소리인지 통 알아들을 수가 없었다.

내 청각이 이렇게 나빠졌나? 청각이 그렇게 나쁘지는 않다고 자부했는데 그 아가씨 전화소리는 전혀 알아들을 수가 없었다. 한참을 갸웃거리다 통화가 끝나기에 물었다.

"아가씨, 우리나라 사람 맞아요?"
"아니에요, 중국 사람이에요."
유창한 발음이 정확하여 또 물었다.
"정말 중국 사람인가요?"
"네에! 맞아요."
"우리나라에 몇 년 사셨나요?"
"2년 살았어요."
"그런데 우리말을 그렇게 잘해요?"
"저는 중국에서 한국어를 배우고 왔어요."

"중국 어디가 고향인가요?"
"흑룡강이 있는 할빈이에요."
완전한 한국어를 구사하기에 한글도 아느냐고 물었더니 한글도 잘 안다는 것이었다. 그래서 〈울타리〉를 보이며 이거 읽을 수 있느냐 했더니 아주 좋아하면서 주시면 다 읽겠다는 대답.

우리나라 사람도 주면 '나 책 안 좋아해요' 하면서도 주면 열심히 읽는 사람을 보았지만 대뜸 좋아한다는 대답을 듣기는 처음이다. 책을 주면서 2021년 12월 22일 날짜를 쓰고 이름을 물었더니 최연수라고 선뜻 대주었다.
그래서 왜 한국적 이름이냐 물었더니 한국에 오면 한국식 이름을 써야 사람들이 쉽게 알아들어서 하나 지어서 쓴단다.

토끼 차림새도 그렇고 유창한 한국어도 참 재미있는 사람이라고 생각되어 사진 한 장 찍겠다고 했더니 아주 밝게 웃으면서 허락했다.

그리고 내가 서툴게 한 장 찍었더니 내 핸드폰을 달라더니 나도 같이 사진을 찍어주면서 웃었다. 그리고 울타리를 펴보면서 아주 좋아했다.

"한국 책 주어서 감사합니다. 끝까지 읽고 여기로 독후감도 써 보내겠습니다."

그리고 판권의 이메일이 맞느냐고 했다. 나는 그 동안 여러 권을 사람들한테 주었지만 이렇게 좋아하고 독후감까지 써 주겠다는 사람은 처음 만났다. 특히 판권에 있는 이메일까지 말하는 사람을 앞으로 더 만날 수 있을까?

정말 독후감이 오면 얼마나 좋겠는가. 나는 아무한테도 독후감을 받아 본 일이 없으니 중국 아가씨지만 써 준다면 고마운 일이 아닐 수 없다. 믿고 한번 기다려본다.

* 이번 주일에는 옆 사람이 〈김해 다람쥐〉 〈낙타 캄보디아 대학원생〉 〈노루〉가 있었는데 줄인다.

옆 좌석 13

부엌 차린 다람쥐

내가 31번 석에 앉았는데 키가 작은 부인이 들어오고 뒤를 이어 역시 작은 키의 남자가 손수레를 끌고 따라와 32번석 앞에 멈추었고 부인이 자리에 앉았다.

손수레를 끌고 따라온 남자는 가지 않고 통로에서 무슨 이야기인지 두 사람이 계속 속닥거렸다.

'저 부부가 여기 나란히 앉아 이야기하면 얼마나 좋을까? 한분은 입석 표만 산 것이 아닐까? 생각하며 내가 자리를 양보해주면……?' 하고 생각했지만 쉽게 자리 양보가 되지 않았다.

그렇게 망설이는데 출발 안내 방송이 나왔다. 그제야 남자가 차에서 내렸다.

다람쥐같이 작은 부인은 차에 오를 때부터 검은 안경을 쓰고 있었는데 남편인 듯한 남자가 내리자 검은 안경을 벗고 왕잠자리눈처럼 둥그렇고 큰 안경을 바꾸어 썼다.

그러더니 그 안경을 벗어 검은 안경과 나란히 앞좌석에 달린 망주머니에다 걸더니 이번에는 작은 안경을 바꾸어 썼다.

'이 다람쥐 아줌마, 안경점을 차리나?'

이렇게 생각하고 지켜보자 이번에는 손수레에 있는 짐을 풀었다. 그 안에서 크고 작은 비닐봉지들이 나오고 플라스틱 꼬마 통들이 쏟아져 나왔다.

'허허, 이 다람쥐 아줌마 산보 오셨나? 뭘 하시려는 걸까?'

나는 호기심이 생겨서 지켜보는데 그 아줌마는 옆 사람에는 관심 없이 바닥에다 그것들은 이리 놓았다 저리 놓았다 이리 놓았다 자리바꿈을 하는 동안 내 앞 통로는 살림살이로 즐비했다.

안경 2개를 걸어놓은 망에는 물병을 넣고 홀짝홀짝 마시며 부엌처럼 꾸몄다.

나는 나갈 때 어떻게 나간담? 저렇게 벌여놓은 살림살이들을 날아서 넘어야 하나 밟고 넘어야 하나 생각 중인데 아줌마는 그것들을 이리저리 들었다 놓았다 바빴다.

'참 이상한 아줌마, 다람쥐 같은 살림놀이를 하시네.'

그러고 바라보는 동안 30분이 지나갔다. 방송에서 수원입니다. 내리실 분은…….

나는 자리에서 일어섰다. 아줌마는 앉은 채 나한테는 관심도 배려도 없이 지나가라는 거였다. 할 수 없이 나는 조심스럽게 살림살이들을 넘어 통로로 나왔고 차에서 내렸다.

이상한 다람쥐 아줌마다. 무슨 살림을 거기다 차릴까? 날마다 타는 차, 날마다 바뀌는 옆 사람, 참 별별 사람이 다 앉았다 떠난다. 그분은 왜 그렇게 안경을 여러 개나 가지고 다니며, 살림살이를 거기다 차렸을까?

세상을 살다 보면 일반 상식으로는 이해가 안 가는 인물과 사건을 만나기도 한다. 참 이상한 사람들 가운데 나는 어떤 사람일까?

나는 스스로 내가 평범한 사람이라고 생각하고 살지만 남이 볼 때의 나는 내가 생각하는 내가 아닐 수도 있다. 과연 나는 남이 볼 때 어떤 사람일까? 이상한 사람은 아닐까?

오늘은 2022년 1월 1일 첫날이다. 한 해 동안 나를 아는 사람들이 모두 건강하고 행복하고 넉넉한 부자가 되기를 빈다. 그리고 이 한 해를 평범한 나로 살게 해 달라고도 빈다. 샬롬!

옆 사람 14

어! 또 만났네

지하철 엘리베이터 앞에서 언젠가부터 만나는 사람이 있었다.

붉으죽죽한 가죽 개똥 모자를 쓰고 등이 약간 구부정한 영감이다. 우연히 퇴근길에 몇 번을 만났더니 어느 날인가 영감이 나를 보고 놀랍다는 듯 한마디 했다.

"어! 또 만났네."

나도 속으로 '그러네, 영감 자주 만나네.' 하고 형식적으로 머리만 꾸벅해 보였다.

영감은 마치 엿장수나 고물 장수같이 보였다. 이유는 모자 때문이었다. 고물장수나 옛날 엿장수는 그런 모자를 쓰고 다니는 것을 많이 보았기 때문이다.

엘리베이터 앞에서 만나서 얼굴이 익은 영감이 어느 날 무궁화호 내 좌석 31번 석을 지나 33번 석으로 지나다가 나를 발견하고 또 "어! 또 만났네."했다.

그리고 수원역에서 나를 따라 내렸다. 그리고 내 뒤를 졸졸 따라오기에 '무얼 하는 영감일까?' 하고 생각하는데

"우리 자주 만나는데 오늘 차 한 잔 하고 갑시다. 내가 대접하겠소."
했다.
할 수 없이 그럽시다, 인사하고 그와 함께 카페로 갔다.

영감이 커피 두 잔을 사들고 와 마주앉았다. 아무리 보아도 엿장수나 고물장수 같은데 마스크로 가린 얼굴이라 제대로 파악할 수가 없었다.

영감이 커피를 권하면서 찻잔 닦으라고 준 곰보 휴지를 펴더니 거기다 자기 이름과 전화번호를 적으며 말했다.
"난 명함이 없어서 이렇게 써 드릴 테니 이해하여 주시오."
나도 명함을 가지고 있지 않아서 말로만 '저도 없습니다.' 하고 들여다 보니 글씨가 보통 필체가 아니었다.

또박또박 깔끔하게 쓴 글자가 살아 있었다. 그래서 그 휴지를 받아들면서 내 이름을 대고 내가 먼저 마스크를 벗으며 인사를 건넸다. 그분도 그제야 마스크를 벗었다.
"이크! 품위 있는 얼굴!"

마스크와 모자를 벗은 얼굴은 엿장수도 고물장수도 아니었다. 인상이 좋다는 품위를 느끼며 솔직히 말했다.

"참 인품이 좋으십니다. 제가 겉 사람만 보고 실례했습니다."
"아닙니다. 실례라니요. 나도 선생이 좋아서 차 한잔 하자고 한 것입니다."

"고맙습니다. 뭘 하시는 분인데 날마다 열차를 타십니까?"

"저는 **대학교 대학원 교수부장을 지내고 지금은 **정부기관에 근무합니다."

나는 가지고 있는 〈울타리〉를 건네면서 말했다.

"저는 출판사를 하면서 이런 책을 만듭니다. 이 책이 제 명함이기도 합니다."

"그러시군요. 연세가 저와 비슷해 보이시는데……?"

"용띠입니다. 선생님은?"

"토끼띠입니다."

"그럼 형님이십니다."

"한 살 차이에 무슨 형 아우입니까. 우리 친구합시다."

이래서 나는 영감친구를 알게 되었고, 동시에 내가 얼마나 건방지고 오만한 사람인가를 반성했다. 그렇게 훌륭한 교수를 차림새만 보고 엿장수 고물장수라고 생각했으니 말이다.

유대인 거지 중에는 훌륭한 랍비가 있다는 말을 알면서도 나는 겉 사람만 보는 눈을 가졌으니 한심하지 않은가. 내가 제대로 된 사람이 되자면 아직 멀었음을 고백하지 않을 수 없다.

옆 사람 15

군인과 군바리 추억

내 옆 빈자리에 멋진 군인이 앉았다. 매우 늠름해 보이는 출중한 인물이었다. 내가 나이 들다 보니 군인이든 아니든 젊은 사람은 다 내 아들 같고 딸 같아 모두가 잘나고 예뻐 보인다.

나는 군바리 추억이라는 군생활 이야기(별빛 쏟아지는 전선의 밤)를 싱크 탱크 사이트에 올렸다가 책으로 출판했다. 당시에 얼마나 인기가 대단했던지 다른 사람은 조회수가 200명 이내였는데 내 글은 조회수가 최고 3,000명이 넘고 추천이 157이었다.

그 사이트에서 최고의 추천을 받아 선물도 받은 바 있다. 군인을 보면 지난 날 추억이 떠올랐다.

옆 군인한테 말을 걸었다.

"책 읽기 좋아하시나요?"

"책 말씀입니까?"

"네."

"저는 책을 안 좋아합니다. 책과 담 쌓은 지가 오래 되었습니다."

아! 이렇게 실망스러울 수가!

그래도 한마디 덧붙였다.

"책 읽기를 안 좋아하는 분들이 보는 책이 이런 책입니다. 한번 읽어 보시지 않겠어요?"

"그냥 주시겠다고요?"

"물론이지요. 읽어주시기만 한다면 감사하지요. 자, 받으시지요."

"예, 주시는 책이니……."

마지못해 책을 받더니 즉시 펴들고 첫 페이지부터 읽기 시작했다. 영등포에서 수원까지 20분 동안 꼼짝 않고 읽었다. 나는 그 모습에 만족하여 곁눈질로 지켜보았다. 그리고 수원에 다 도착했을 때 그가 입을 열었다.

"이 붕어빵 이야기는 참 감동적입니다. 그리고 소월 시도 학생 때는 재미있게 읽은 기억이 나고요. 지금은 다 잊은 시들이 아주 새롭습니다. 좋은 책 주셔서 감사합니다."

"고마워요. 어디까지 가시나요?"

"구미까지 갑니다. 거기까지 가는 동안이면 이 책을 다 읽을 수 있겠습니다. 책 읽으며 보람 있는 여행이 되겠습니다. 감사합니다."

아! 나는 기뻤다. 그와 잘 가라고 악수까지 나누고 헤어졌다. 책을 안 좋아하고 안 읽는다면서도 받아 들고 웃으며 읽는 사람을 만나면 그보다 즐거울 수가 없다.

한 주일에 두 개씩이나 올릴 수는 없고, 다음 주에는 정말 아주 기분 나쁜 여자 이야기를 써야겠다.

옆 사람 16

기분 나쁜 여자

내가 수원으로 이사하여 무궁화호로 퇴근한 지가 6개월이 넘었다. 한 달에 20일씩 6개월 120일, 옆자리 동승자가 120명이다.

120명 중 남자가 반 여자가 반이었던 것 같은데 그 사람들이 와서 곁에 앉을 때마다 받은 인상이 다르다.

마스크를 쓰고 눈만 보이는 옆 사람, 남자들의 경우 눈썹과 눈을 보면 그 사람의 맘씨가 보였다. 예를 들면 눈썹이 M형인 남자는 너그럽고, W형은 거칠고, ―형은 친절한 편이었다.

눈매도 이렇다. M형은 사악하고 V형은 사납고
-형은 친절하면서도 간사한 편이었다.

여자들은 또 이렇다. 대개의 여자들은 눈썹이 초승달 형이 많고 가끔 M―형이 있다. 그리고 눈매는 거의가 -형이고 어쩌다 V형이 있는데 V형이 신경 쓰였다.

여자 승객 60명과 동석하면서 말을 건넨 사람은 많지 않다. 할망 2명, 아줌마 6명, 그리고 나머지는 아가씨들이었다.

나는 남자는 청년이 좋고 여자는 아가씨가 좋았다. 다 늙은 사람은 싫다.

그러니 내가 어떤 존재인가 생각하면 나야말로 제 주제도 모르는 철부지 할배가 아닌가.

그러니 내 옆자리에 앉는 아가씨들은 나를 보고 얼마나 실망스러울까. 하필이면 왜 대머리 영감이야! 할 테지만 나는 반대로 젊은 사람이 좋으니 어쩌나 허허.

한번은 미끈하고 멋지게 생긴 여자가 통로를 걸어오더니 바람을 일으키며 내 옆에 털퍽 앉았다. 나는 마스크 쓴 얼굴을 보았다. V자 눈이었다.

-형 여자는 거의가 고운 눈매에 눈썹에 웃음이 살짝 얹혀 있어서 예쁘다. 그런데 어떤 눈은 슬픔에 젖은 듯 보이고 어떤 눈은 조는 눈이다.

나는 눈썹이 곱고 웃는 착한 얼굴을 보면 〈울타리〉를 건네며 인사를 한다. 그러나 그렇지 않은 사람한테는 말을 건네지 않는다.

차에서 〈울타리〉를 건네준 사람은 12명쯤(120명 중에 10%) 되는데 내가 말을 걸면서 책을 내밀면 책 안 좋아한다면서도 받아들고 재미있게 읽는 사람이 많았다.

실은 책을 싫어하는 것이 아니라 좋아하는 것인데 스마트 폰의 유혹에 빠져 책을 잊고 산 때문일 것이다.

내가 옆에 앉은 아가씨 이야기를 한다는 것이 엉뚱한 소리를 했다. 그 아가씨는 털퍽 앉자마자 스마트 폰에 빠졌다.

내가 조심스럽게 〈울타리〉를 내밀면서 스마트 폰을 보시다가 가끔 이런 책도 보세요 하였더니 힐끗 보는데 눈빛이 늑대눈이었다. 순간 책을 주고 싶지 않다는 생각이 번쩍!

그러나 말을 건넸으니 줄 수밖에. 그 아가씨인지 아줌만지 책을 받아 무릎에 놀려놓은 채 스마트 폰에 빠졌다가 수원역이라는 안내 방송이 나오자 발딱 일어나 〈울타리〉를 앉았던 자리에 내려놓고 뒤도 돌아보지 않고 나갔다.

나는 책을 도로 집어 들자니 부끄럽기도 하고 엄청 실망스럽기도 했다. 저런 눈빛인 여자한테는 책을 주는 게 아니었는데…….

내가 바보지, 비싼 돈 들여 만든 책을 거저 주면서 좋아하는 내가 바보가 아니면 누가 바보인가.

그 순간 실망을 하고 이제부터는 이 미련한 짓 그만 해야지 하면서도 퇴근시간에는 가방 속에 〈울타리〉 2권을 넣고 옆 사람 관상을 본다.

줄까 말까? 또 던지고 가면?

내가 사랑하는 책! 독자를 위해 만든 〈울타리〉를 던지고 간 옆 사람! 처음 만난 기분 되게 나쁜 여자였다.

옆 사람 17

하늘 꾀꼬리

열차 1호칸 31번 석은 내가 정해 놓고 타는 자리다. 표를 예매하려 했더니 전체 72석 중 29, 30석만 남고 내가 좋아하는 자리는 어떤 아가씨 둘이 차지하고 있었다.

나는 밀려나 29번석에 앉았다. 저것들이 내 자리를 빼앗았네 하고 창밖을 내다보니 하늘이 파랗고 청명했다. 내 옆 빈자리는 누가 와서 앉을까? 하고 생각하는데 기차가 떠날 순간 깜찍하게 생긴 아가씨가 헐레벌떡 달려와 내 옆에 살짝 앉으며 생끗 웃었다.

아! 저 하늘같이 맑은 눈!

나는 순간 하늘같이 참 맑은 아가씨 눈을 보았다.

아가씨가 꾀꼬리같이 맑고 예쁜 소리로 물었다.

"왜 그렇게 보세요?"

"아가씨는 하늘……."

"예? 하늘이라고 하셨어요?"

"그래요. 아가씨가 하늘……."

"제 이름을 아세요?"

"네?"

"저를 아시나요?"

"초면인데요."
"그런데 어떻게 제 이름을 아세요?"
"아가씨 이름이 뭔데요?"
"하늘이에요."
인상이 좋아서 울타리를 내보이며 물었다.
"독서 좋아하시나요?"
"저는 책 싫어해요."
"싫어도 이 책 받아요."

아가씨는 달갑지 않은 표정으로 책을 받아들고 생끗 웃어주었다. 그리고 책을 펴들더니 꼼짝 않고 읽었다. 싫다는 책을 저렇게 읽다니 책장만 넘기는 거 아닌가? 그래서 물었다.
"정말 읽으셨나요?"
"예, 아홉 살 소녀의 사랑, 조미미가 그렇게 애국정신이 대단한 인물인 줄 몰랐어요."
"정말 읽으셨군요. 고마워요."
"제가 더 고맙지요. 어디까지 가세요?"
"수원이오. 아가씨는?"
"구미까지 가요. 가면서 이 책 다 읽어 볼게요."
"고마워요. 잘 가요."

사람과 사람의 만남은 참 신기하다. 어디서 누구를 어떻게 만나 무슨 이야기를 하다가 헤어질는지도 모른다. 그러나 누군지도 모르는 사람이지만 만나면 할 이야기가 있고 대화를 하다 보면 마음도 준다.

옆 사람 18
부엉이 영감

내 옆 좌석에 우중충하고 오종종하게 생긴 70대쯤 보이는 부엉이같이 새까만 차림의 영감이 가방과 검은 비닐 봉투를 들고 콩콩거리며 달려와 앉았다.

아무 상관도 없는 옆자리 승객이지만 아가씨가 와서 앉으면 기분이 좋고 부엉이같이 생긴 사람이 앉으면 왜 싫은지 내 심보를 모르겠다.

아가씨든 영감이든 나하고는 아무 상관도 없는 거 아닌가. 솔직히 말해 아가씨가 좋은 건 내 속이 엉큼해서인 것 같다. 하하하.

키도 작고 새까맣고 오종종하게 생긴 사람이 내 옆자리에 앉자마자 비닐봉투에서 무슨 빵인지 모르겠으나 별로 안 좋은 냄새나는 것을 꺼내어 우걱우걱 먹는 것이었다.

밀가루 냄새가? 하는 중에 날마다 그 시간이면 나오는 안내방송 "기내에서는 음식을 잡수시면 안 됩니다. 핸드폰은 진동으로 하시든 꺼놓으시기 바랍니다."

그 소리를 들으면서도 이 부엉이 영감은 수그린 채 우적우적 먹기에 정신이 없었다. 내가 보기에도 좋지 않았고 빵 냄새도 별로였다.

부엉이 영감, 빵을 다 먹고 나더니 가방을 열었다. 힐끗 훔쳐보니 책이 가득했다.

나는 책만 보면 눈이 번쩍 띄고 마음이 변하는 별종이다. 호기심이 나서 지켜보다가 그가 꺼내 드는 책을 보고 더 깜짝 놀랐다.

어!! ?? 저건?「역대 세계의 소피스트」!!

왜 놀라느냐고? 그 책은 바로 우리 출판사에서 발행한 철학 교양서이기 때문이었다.

출판 50년에 내가 만든 책을 가진 사람은 한 번도 만나본 적이 없었다. 나는 갑자기 빵 냄새도 구수하고 오종종한 영감의 얼굴이 귀엽게 보여서 말을 건넸다.

"선생께서는 그 책을 어떻게 가지고 계십니까?"

부엉이영감 입술에 빵이 묻은 채 대답.

"난 꼴이 이렇게 생긴 대로 별 볼일 없는 인간이지요. 이 나이가 되도록 나이만 먹고 배고프면 음식이나 해치우는 식충이니까요."

"식충이가 아니십니다. 책을 들고 계신데……."

그가 물었다.

"어디까지 가시오?"

"수원까지 갑니다. 선생님께서는 어디까지 가시나요?"

부엉이 영감 대답.

"대전까지 갑니다. 내일 오전에 모 대학에서 철학특강을 해달라는 청을 받아서 가는 길입니다."

그 대학은 내가 잘 아는 대학이고 거기서 우리 출판사의 그 책을 채택한 적도 있어서 반가웠다. 그는 변명 비슷하게 말했다.

"나는 여섯 시에 아침을 먹고 오후 다섯 시에 저녁을 먹습니다. 1일 2식이지요. 차에서 음식을 먹지 말라고 했지만 난 그 시간에는 꼭 먹어야 삽니다."

그리고 잠깐 사이에 몇 마디 더 나누다 시간이 되어 나는 차에서 내렸다. 집으로 돌아오며 반성했다.

내가 참 교만하고 건방지고 못돼먹은 인간이라는 것.
남을 외모만 보고 평가하는 못된 습관이 있다는 것,
남자보다 여자를 좋아하는 수컷 추태 인간이라는 것,
별로 아는 것도 없으면서 아는 체한다는 것,
내 허물은 못 보면서 남을 비판하는 비겁한 인간이라는 것,
매사에 나이 값, 이름값을 못한다는 것…….

집에 도착하도록 생각하니 반성할 것이 너무 많아서 줄여야 한다.
부엉이 영감이 유대인으로 말하면 랍비 같은 분이었다.
유대인들은 거지 중에도 랍비가 있으므로 외모로 상대 평가를 하지 않는다고 하지 않았던가.
난 고개를 숙여야 해.

옆 사람 19

아상한 고슴도치

31번석 내 옆자리에 새까만 망태기 모자에 새까만 마스크를 하고 털이 복슬복슬한 회색 목도리에 까만 털 오버를 들쓴 아가씨가 앉았다.

고슴도치를 연상시켜서 첫인상이 제로였다. 그런데다가 놀랍게도 손톱이 게딱지같이 길고 긴데다 회토색칠을 했는데 그 위에 뭘 또 붙여서 손톱인지 거북이 등인지 아상하기만 했다.

별 사람이 다 있네 하고 생각하는데 자리에 앉은 지 5분쯤 스마트 폰에 빠졌다가 자리에서 일어나 2호칸 앞으로 부지런히 걸어갔다. 그런데 들고 온 가방을 내 옆자리에 둔 채였다. 별로 크지도 않은 가방만 동그마니 두고…….

아가씨는 화장실이 있는 2호 칸으로 간 뒤 한동안 돌아오지 않았다. 나는 가방에 신경이 쓰였다. 가방에 무엇이 들었는지 모르지만 누굴 믿고 그렇게 굴려놓고 갔을까?

5분쯤 지나 돌아와 앉아 스마트 폰을 들여다보더니 또 일어나 2호칸 쪽으로 갔다. 가방은 여전히 둔 채.
이 아가씨 설사가 나서 그런가? 아니면 여자만 하는 뭐 그것이 급했

나? 나를 믿고 가방을 두고 간 건가? 왜 가방은 그냥 두고 돌아다닐까?

그러는데 한참 후 돌아온 아가씨는 스마트 폰에 머리를 박고 있다가 이번에는 일어나 1호 칸 맨 뒤쪽으로 갔다.

그 사이에 차가 수원역에 도착, 그래도 아가씨는 돌아오지 않았다. 가방만 두고 빈자리를 뜨자니 공연히 불안한 생각이 들었다. 주인 없는 가방을 그냥 두고 내리면……?

개운치 않고 찜찜한 마음이 들었지만 그래도 할 수 없이 내려야 했다. 그래서 뒷문 쪽으로 하차하러 가면서 보니 그 아가씨가 뒷구석에서 전화를 하고 있었다.

나는 그냥 내렸다. 그리고 돌아오면서 생각했다. 만약 그 가방에 무엇이 들었는지 모르지만, 그 고슴도치가 나쁜 사람이면 가방 옆 사람인 나를 잡고 그 안에 뭐뭐가 들었었는데 없어졌다고 덤벼든다면 어떻게 될까?

가방만 동그마니 두고 내리면 어떻게 되는 거야 하는 의문도 생겼지만……. 만약 그녀가 나를 잡고 그 안에서 돈을 꺼내갔다고 악을 쓰며 경찰서로 가자고 한다면? 아이구, 상상만 해도 소름!

이상한 사람이 나의 기분을 어지럽혔다. 나는 아무 탈 없이 내린 것이 다행스런 생각까지 들었다.

만약 빈자리에 둔 가방을 누가 집어간다면? 하는 기우도 생기고…….

낯모르는 옆 사람이지만 거동 조심하고 자기 물건을 잘 간수하고 조심할 때 남도 편하다는 걸 알아야 한다. 그 여자애는 산에 살다 온 고슴도치였는지도 모른다.

그러나 어쩌면 그 아가씨는 세상 사람을 자기를 믿듯 남을 믿는 신뢰감이 그랬을 것이라는 생각도 든다. 사실 그런 나라가 바로 우리나라이니 얼마나 아름다운 나라인가.

이런 생각을 하며 마음 정리.

우리나라 정말 좋은 나라라고 해도 좋지 않을까?

옆 사람 20

불쌍한 황새

오늘은 31번 석을 빼앗겨서 63번 석을 예매하여 자리를 옮겼다. 63번 석에 앉아 영등포역에서 오르는 승객을 보니 적어도 30명 이상이 줄을 지어 들어오는데 거의가 아가씨들이고 남자는 드물었다.

입구 맨 앞에 들어선 아가씨는 참새 같다는 생각이 들면서 뒤따르는 사람들이 모두 새들처럼 느껴졌다.

참새 뒤에 바둘기, 그 뒤에 뻐꾸기, 그 뒤에 수탉, 또 뒤에 독수리, 그 뒤에 화려한 수꿩, 그 뒤에 종달새, 그 뒤에 날렵한 제비, 그 뒤에 납작한 뜸부기, 또 뒤에 부엉이, 그 뒤에 꾀꼬리, 그리고 또 몇 사람.

그 맨 뒤에 다리가 길고 목이 가느다랗고 꺼벙한 황새 영감이 꺼덕꺼덕 따랐다. 저런 황새는 어디로 가서 앉을까? 나한테만은 제발 오지 마라. 내 옆에 앉으면 우리 자리는 경로당이 되는 거다.

그런데 이게 뭐냐? 내 소원을 무시하고 황새다리가 내 옆자리에 들어서서 다릴 접지 않는가. 꺼벙하게 생긴 영감이 고목처럼 머리를 푹 숙이고 눈만 껌벅거렸다.

가만히 보니 고생을 많이 하고 제대로 먹지도 못해 그렇게 목이 가느다란 황새가 된 것 같았다. 순간 저렇게 늙으셨던 아버지 생각이 나면서 황새가 불쌍하게 보였다.

'이리 오지 말고 저리 가' 하고 생각한 내가 얼마나 오만하고 못된 인간인가. 순간 나를 힐책했다.

나는 스스로 아주 나쁜 놈이 바로 '나'라는 생각을 했다. 똑같이 늙어가는 처지에 같은 할배를 싫어하다니! 내가 나를 도저히 용서할 수 없다는 생각이 들었다.

아무리 예쁘고 깔끔한 아가씨가 옆에 앉아 웃고 이야기하며 홀딱 반하여 기뻐한다 하더라도 20분만 지나면 그 아가씨하고 굿바이 할 처지에 벌레 같은 욕심을 부리다니!

황새 영감한테 잠깐이라도 친절하게 따듯한 마음으로 받아들이지 못한 건 오만 죄가 아닌가. 나는 못된 인간의 속성을 못 버린 치한 같은 인간이라고 생각하다가 수원에 도착했다. 자리를 뜨면서 영감한테 겸손히 물었다.

"어디까지 가십니까?"

"평택까지 갑니다."

"30분 동안 더 가셔야겠군요. 가시다 심심하시면 이 책을 보시겠습니까?"

영감은 내가 내민 〈울타리〉를 받으며 아주 겸손하게 허리를 숙였다. 나는 오만했던 자신한테 '너는 뭐야? 건방지잖아' 하고 꾸짖으며 온유하고 겸손하기란 참 힘든 진리라는 것을 깨달은 하루였다.

옆 사람 21

얄미운 거북이와 동석

열차 31석은 창쪽이다. 오래 타고 다니다 보니 열차의 창가는 홀수석이고 짝수 석은 통로 쪽이라는 걸 알았다.

오늘은 거북이처럼 덩치가 크고 우락부락한 영감이 나보다 먼저 와서 내 자리 31번 석에 앉아 있다가 태연히 32번석을 가리키며 앉으라는 거다.

대개는 남의 자리에 앉으면 일어서서 자기 자리로 옮기는데 이 거북이는 내 자리에 앉아 주인 노릇을 했다.

자리가 별것도 아닌 건데 기분이 언짢았다. 할 수 없이 32번 석에 앉았다. 그 거북이영감이 한마디 했다.

"아무나 먼저 타는 사람이 주인 아닌교?"

"알았습니다."

나는 아무렇지도 않게 대답했지만 속으로는 불만이 일었다. 가만히 보니 나이도 나보다 어려 보이는데 영감 노릇은 나보다 더 했다. 거북이영감 창밖을 내다보며 지껄여댔다.

"아따 아파트가 천지 아닌교. 저기도 아파트, 여기도 아파트, 아파트 천지요. 저 많은 아파트 속에 사람이 다 살고 있능교? 나는 저런 닭장 같은 속에서 살고 싶지 않소. 댁도 아파트에 사능교?"

"예."
"답답하지 않은교?"
"괜찮아요."
"어디까지 가시능교?"
"수원까지 갑니다."
"내는 김천까지 갑니더. 우리 통성명이나 하입시더."
할 수 없이 주고 싶지 않았지만 〈울타리〉를 주면서 대답했다.
"이 책이 내 명함입니다."
"아따 명함 한번 좋네예. 이런 명함도 해가 다니는 분이 있네예."
"예, 거기 내 이름도 있습니다."
그 사람은 책을 펼쳐보며 중얼거렸다.
"내가 눈이 나빠서 몬 봅니더. 주신 거니 고맙게 받아 눈 밝은 손자한테 주겠십니더. 그라도 좋지예?"
"그러세요. 아직 눈이 그렇게 어두울 연세는 아니신 것 같습니다."
"아니라예, 올해 일흔 둘이나 되었으니……."
"그러시군요."
"댁은 나이가 우찌 되십니꺼?"
"댁과 띠가 같습니다."
"우리가 동갑이라예?"
나는 속으로 띠 동갑도 동갑이지 하고 생각하는데 수원역이었다. 나는 그냥 꾸벅 인사를 하고 내렸다. 잠깐 동석한 인연도 인연이다.
동갑이라며 금방 '우리'라고 한 말에 묘한 인정이 느껴졌다.
'우리'라는 말은 울타리 안에 든 동지라는 뜻이니 우리란 말이 얼마나 정이 가는 좋은 말인가.

옆 사람 22

공짜도 싫다는 염소

오늘은 31번 석을 빼앗겨 55번 석에 앉았다.

내가 자리에 앉자마자 늘씬한 키에 멋쟁이 아가씨가 뒤따라와 앉자마자 스마트 폰에 머리를 박고 게임을 시작했다.

힐끗 보니 긴 머리채에 마스카라한 눈썹이 하늘로 뻗쳤는데 마스크에 가려서 얼굴은 제대로 볼 수가 없었다.

나는 상대의 눈빛을 보아야 그의 심성을 파악하고 내가 품고 다니는 〈울타리〉를 주는데 판단이 서지 않았다.

서울역서 떠나 영등포역까지 15분, 영등포에서 수원까지 20분이 걸린다. 그 짧은 시간에 낯선 옆 사람한테 말을 건다는 것이 그렇게 쉽지 않다.

그렇지만 나는 스마트 폰만 보지 말고 책도 보자는 운동을 하는 출판문화수호운동을 하는 내가 아닌가. 그래서 자존심을 접고 말을 건넸다.

멋쟁이 아가씨가 게임에 빠져 있는데 방해를 한다는 거 보통 바보가 아니면 하기 힘든 바보짓이다. 그러나 나는 진짜 엉뚱하다. 그래서 아가씨한테 누구에게나 했듯 말을 건넸다.

"미안해요. 평소에 책 읽기를 좋아하시나요?"

그녀 딱 한 마디.

"저 책이라면 질색이에요."

그래도 나는 가방에서 울타리를 꺼내 내밀었다.

"이 책은 독서를 안 좋아하는 분을 위해 만든 책입니다. 한번 읽어 보실래요?"
"싫어요."
정나미가 똑 떨어지는 소리.

마치 칼에 벤 느낌이고 낯이 뜨거웠다. 그래도 나는 참 질긴 사람이다. 또 한 마디 더.
"스마트 폰에 빠져 잠든 독자를 깨우려고 만든 책이에요. 드릴 테니 검토라도 해보세요."
"싫다니까요. 다른 사람이나 주세요."
그제야 이 여자 눈을 바로 보았다. 염소 눈이다. 책뿐 아니라 무엇이든 오만하게 거절할 상이다.
그래도 나는 책 표지에 있는 스마트 북이라는 글자를 짚어 보이며 한 마디 더 했다.

"여기 보세요. 스마트 북이라고 했지요? 스마트 폰 옆에 스마트 북이 있다면 얼마나 좋아요. 스마트 폰을 보다가 지루하면 스마트 북도 보면……."
아가씨가 손을 쏙 내밀며 한 마디.
"주세요, 갖고 싶어요."
나는 고맙다는 생각을 하며 책을 건네주었고 그녀는 스마트 폰을 백 속에 넣더니 스마트 북을 읽기 시작했다.

약 십분 동안 앞 페이지서부터 읽어 들어가면서 고개를 끄덕이더니 한 마디.

"이 책 보기보다는 재미있고 좋은 책 같아요."

오! 다행이다. 도로 내밀지 않고 받아서 읽어주시니 안심이 되었다. 그리고 생각했다.

책을 주어 고맙다는 말 한마디만 해주면 얼마나 좋을까. 겨우 보기보다 좋은 책 같다? 고맙다는 말이 듣고 싶었는데 약간 서운하기는 했다.

거저 준다는데도 책이 싫다는 사람한테 '피 같은 돈'을 들여 만든 책을 주면서 사정을 하니 출판하는 나는 얼마나 미련통인가. 세상에 나같은 바보도 없으리라. 허허!

책 한 권 만드는데 원가만도 3,000원이 드는 것을 싫다는 사람한테 공짜로 주면서 애를 태우고 바보짓을 하는 곰이 누군가?

바로 나!

내가 아닌가! 그러면서도 좋다고 허허거리지 않나. 내가 웃는곰이라고 지은 닉네임은 절대 잘 지은 이름이다. 허허허.

오늘 경험을 생각해 보면 7,000원을 보내주신 회원이 얼마나 고마운 분인가 그 사랑의 높이를 잴 자가 없다.

그 앞에 절을 드리고 싶고 10부, 50부, 100부를 사서 나누어주시는 분들이 있으니 그분들한테는 춤을 추며 감사드릴 수밖에 달리 갚을 길이 없다.

옆 사람 23

앞 사람 또 앞에 물소

오늘은 무궁화 1호칸 15번 석에 앉았다. 앞의 앞 7번석에 앉은 사람은 자리에 앉자마자 어디론가 전화를 하는데…….

목소리가 물소같이 왕왕거리고 컸다.
그 주변 내 옆에 옆자리까지 다 들리는 소리로 서울역에서 영등포역까지 가도록 지껄이더니 또 영등포역에서 떠난 후에도 계속했다.

지껄이는 소리는 별것도 안닌 것.
"하하하, 그때 말이야 그 사람이 누구더라,
'누구?' '아,그래 그 사람이군,
그런데 말야,　가 하나를 건졌더니
그 사람 샘이 났는지 옆에서 떠나더라고

내가 잡은 게 얼마냐 하면 월척도 넘는
큰 놈이었는데 하하하하
거기는 물 반, 고기 반이었어, 하하하,
그 날 말이야 우리 실컷 먹었지?
그 맛에 낚시질하는 거 아닌가 하하하, 그리고……."

내용은 낚시를 해서 즐거웠고 월척 붕어 안주로 술을 얼마나 먹었던지 모른다는 이야기가 끝나자

또 다른 사람한테 전화를 걸어서 하는 소리…….

나만 불편했던 건 아니었나 보다. 누군가가 안내실에 전화를 했는지 역무원이 들어와 그 사람한테 주의를 주었다.

그 사람 무슨 생각을 했는지 역무원이 떠나자 더 큰 소리로 지껄여댔다. 그 소리는 더 이상 쓰고 싶지도 않고

그렇게 무지막지한 사람도 세상에는 있더라고!

옆 사람 24

입석표와 캥거루

매주 금요일은 먼 지방 사람들이 몰려서 귀향하는 날이라 승객이 만원이다. 오늘 4월 1일은 입석표 승객이 특히 많았다.

(이 글을 읽는 분 중에 서울역에서 입석표를 샀을 경우는 기차 4호 칸으로 가시면 좋습니다. 거기는 입석표 가진 사람들을 배려하여 만들어 놓은 카페 같은 칸입니다. 서울역에서는 그 칸이 비어서 영등포까지 갑니다. 그러나 영등포역에 도착하면 자리가 메워져 서서 가야 합니다.)

나는 매일 타는 지정석을 빼앗기고 55번 석에 앉았다. 서울역서 내 옆자리는 아무도 오지 않아 빈 자리였다. 그 사이 통로에는 입석표 승객들이 여기저기 서 있었고.

내 옆자리는 차가 출발할 때까지 아무도 오지 않았다. 대개 서울역에서는 여기저기 빈자리가 있어서 입석표 가진 승객들이 차가 출발할 때까지 만이라도 서 있다가 예약자가 안 오고 빈자리일 때 가서 앉는다.

오늘은 승객이 너무 많이 서서 가는 중에 할배들도 끼어 있어서 앉아 있기가 불편하고 민망스럽게만 느낀 하루라 할 말이 없다.

옆 사람 25

안아주고 싶은 비둘기

내가 63번 석에 앉자마자 서울역서 64번 옆자리에 아담한 아가씨가 비둘기처럼 내려앉았다.

아가씨는 앉자마자 석조전 행사 안내 팸플릿을 들고 열심히 들여다보고 있었다. 가지고 온 종이 가방에도 ART라고 영어로 쓰여 있었다.

이 사람은 예술분야에 관심이 많은 것 같다는 생각을 하며 얼굴을 보았다. 마스크에 가려 눈만 보았지만 비둘기 눈처럼 영리하게 생긴 아가씨였다.

서울역에서는 대개 빈자리로 가다가 영등포에서 누군가가 오르는데 오늘은 일찍이 옆자리를 차지한 아가씨가 호감이 가서 물었다.

"아가씨, 독서를 좋아하시나요?"

"네. 자주 좋아해요."

기다렸다는 듯이 한 마디로 대답하는 그 말! 얼마나 반가운 말인가. 내가 10개월 동안 한 달에 20일씩 200명이 동석을 했는데 오늘 두 번째로 독서를 좋아한다는 사람을 만난 거다.

3개월 전에 착한 눈을 가진 최지혜라는 아가씨를 만난 뒤 두 번째다.

나는 가지고 다니는 울타리를 내보였다.
"이런 책 보셨나요?"
"못 보던 책인데 핸드백에 넣고 다니면 좋겠어요."
"맞아요. 바로 핸드백 속에 넣고 다니며 스마트 폰을 보다가 싫증날 때 보라고 만든 스마트 북이에요. 드릴게요."
내가 책을 내밀자 마스크를 벗으며 웃는 얼굴로 말했다.
"그냥 주시겠다고요?"
내가 웃으며 물었다.
"팔겠다고 하면 사시겠어요?"
"좋아요. 책값 드릴게요."
"그 말씀만 들어도 고마워요. 내가 만들어 가지고 내 옆에 앉은 사람이 책을 좋아한다고 하면 드리는 선물이에요. 받으세요."

아가씨는 아주 밝은 얼굴로 받아들고 감사하다고 인사를 하는데 너무 예뻐서 안아주고 싶었다. 아가씨는 책을 받아 들고 금방 읽기 시작했다. 책장을 장난하듯 훌떡훌떡 넘겼다. 내가 보고만 있을 수가 없어서 물었다.
"지금 읽고 있나요?"
"예."
"그렇게 빨리 읽는다고요?"
"네. 저는 속독이에요."

두 번째 만나는 속독 독자였다. 그래서 물었다.
"그 가운데 무슨 내용이 좋던가요?"

"목숨 걸고 하면 안 되는 일이 없다는 내용이 인상적이에요. 그분 대단한 인물이네요."

내가 이렇게 덧붙였다.

"벌써 거기까지 읽으셨나요? 속독 실력이 놀랍네요. 그 분 학교도 제대로 못 다니신 분이 5개 국어를 하고 국제발명 특허를 62개나 하고 자동차 윈도 브러시를 발명했다니 얼마나 놀라워요. 날뛰는 정치인보다 그런 분이 존경스럽지요."

그녀가 동감을 표했다.

"맞아요. 대단한 분이에요."

"어디까지 가시나요?"

"대전이 집이에요."

"그런데 어디를 다녀오시나요?"

"덕수궁에서 미전이 열리고 있어서 관람하고 돌아가는 길이에요."

"취미도 고상하시네요. 느낌이 그럴 것 같다고 생각은 했었지요. 책을 좋아하고 속독까지 하는 아가씨를 만나서 기분이 좋아요. 저는 이제 내려야 합니다."

"지금요?"

"예, 아쉽지만 여기까지가 제 차표 한도랍니다. 울타리 읽으시며 편히 가세요."

부부가 만나 고운 정 미운 정 다 들이고 살다가 한편이 먼저 떠나면 남은 한편은 고독해지는 것이다. 무슨 이야기든 더 나누고 싶은 마음이지만 언제나 아쉬운 이별을 하는 것이 나의 출퇴근길이다. 인생이 그러하듯.

옆 사람 26

예쁜 도깨비

오늘은 63번 석에 앉았는데 64번 석에 첫인상이 고운 예쁜 아가씨가 앉았다.

아가씨는 앉자마자 크고 까만 가방을 열고 그 안에서 빨갛고 작은 가방을 꺼냈다. 그리고 빨간 가방을 열고 주춤거리더니 자리에서 일어나 무엇인가를 찾았다.

내 앞에서 노브레저 젖가슴이 보이도록 엎드려 의자 밑을 들여다보더니 다시 통로 쪽을 이쪽저쪽 살폈다.

하는 짓이 이상하여 그녀를 지켜보았다. 나중에 의자 뒤쪽 틈에서 무엇인가를 꺼냈다.

그리고 자리에 앉더니 예쁘게 생긴 동그란 손거울을 열고 들여다보면서 손거울 잡은 손에 까맣고 작은 병뚜껑을 열고 거기서 방금 찾은 가느다란 붓을 꼭 찍어 속눈썹을 그렸다.

대단한 기술이었다.

서울역에서 떠난 차가 흔들리는데도 눈썹을 예리하게 그렸다. 그리고 까만 붓에 묻은 잉크를 앞좌석에 붙은 망에다 붓끝을 문질러 닦았다.

나는 그러면 못 써요 하고 싶은 걸 참고 '아가씨가 교양이 없는 것 같다'고 생각만 했다.

다음에는 빨간 가방에서 무언지 꺼내어 거기서 거무스레한 액체를 손가락에 바르더니 눈두덩 위에다 먹칠(?)을 했다.

그리고 또 작은 솔을 꺼내더니 눈썹을 새까맣게 발랐다. 그리고 또 약간 굵은 연필 같은 것으로 원래 예쁜 눈썹에다 덧칠을 했다. 예쁜 눈썹이 시커멓게 본래의 모습이 무너졌다.

그런 다음 이번에는 빨간 가방에서 쇠로 된 거미다리 같은 원형 도구를 꺼내어 눈썹을 위로 말아 올렸다.

화장 도구를 잘 모르기 때문에 보고 느낀 대로 썼지만 그 아가씨 서울역에서 시작하여 안양까지 가도록 20분 이상을 꼬무락거리고 화장을 해댔는데 다시 보니 처음 미녀가 아닌 도깨비로 변했다.

눈이 서양 여자처럼 휘둥그레지고 눈언저리가 아프리카다. 처음 본 예쁜 얼굴이 없어졌다. 안 예쁜 눈이다. 나는 실망했다.

처음 얼굴 그대로였으면 나는 말을 걸고 〈울타리〉를 주었을 건데 울타리 얘기는 아예 하기도 싫었다. 하는 짓이 마음에 안 든 것이다.

나는 그 모습을 보면서 이런 생각을 했다.

하나님께서는 우리를 아름답게 지어 주셨는데 우리가 인간적인 욕심 때문에 본모습을 깨뜨리고 천사의 모습에서 악마의 모습으로 바꾸어 살고 있지 않는가.

얼굴 화장은 그렇다 치고 얼굴을 성형수술로 바꾸어 놓아 하나님 앞에 도착한 사람을 하나님이 보고 "넌 누구냐?" 하고 물으면 "저 모르세요? 김미라요" 할 때 하나님께서 "아니다 난 너 같은 천사를 만든 적이 없다. 넌 내가 만든 천사가 아니야. 넌 나를 속이는 악마다. 물러가라" 하실는지 누가 아는가.

내가 처음 본 미인을 두고 화장한 여자한테 실망했듯이
인간은 과욕으로 천성과 덕을 잃고
본 모습에서 벗어나 사는 사람이 많다.
그 중에 나도 끼어 사는 거다.

옆 사람 27

복두꺼비 아가씨

오늘은 1호차 63번 석에 앉았다.

기차의 맨 끝쪽 칸이므로 승객이 뒤쪽 문에서도 탄다. 내가 자리에 앉으려는데 뒷문으로 올라온 사람이 나보다 먼저 64번 석에 앉았다.

서울역에서 옆자리에 타는 사람은 흔하지 않은데 나를 앞질러 타는 사람이 있으니 놀라서 얼굴을 보았다.

까만 차림의 여자. 우둥퉁한 얼굴, 뒤룩거리는 몸집, 왕잠자리 눈처럼 두껍고 큰 안경을 쓴 아가씨였다.

나보다 앞질러 탄 사람이 좀 못마땅하게 생각하며 물었다.

"어디까지 가시나요?"

"평택이에요."

"한 시간쯤 걸리겠지요?"

"초행이라 모르겠어요."

가만히 보니 안경이 두꺼비 눈 같고 우둥퉁한 몸매가 책이라면 고개도 돌리지 않을 것 같다는 생각이 들었다.

그래도 나는 심술궂게 이런 사람도 책을 읽을까 하고 어쭙잖게 교만한 생각을 하며 물었다.

"책 읽기 좋아하시나요?"

"네. 아주 좋아해요."

이크! 이게 무슨 화답?

그러면서 박처럼 큰 얼굴에 함박꽃처럼 웃는데 목소리는 미녀를 연상케 하는 맑은 음성이었다. 잠깐이지만 건방지게 생각한 나를 꾸짖으면서 가방에서 〈울타리〉를 꺼내 보였다.

"이 책 크기보다 내용은 읽을 만한 게 있어요. 드릴까요?"

"네, 주시면 호호호."

그녀는 울타리를 받아들면서 들고 있던 스마트 폰을 핸드백 속에 집어넣고 책장을 펴들었다. 나는 유치원 아이처럼 쾌재를 불렀다.

'야호! 스마트 폰을 집어넣게 만든 스마트 북 승리!'

그녀는 읽기 시작했다. 두꺼운 안경을 쓴 것으로 보아 시력이 안 좋은 것 같은데 금방 책장을 넘기며 읽었다. 시력도 나쁜 사람한테 책을 억지로 맡기는 것도 무리가 될 것 같고 못할 짓을 한 것 같은 걱정도 되었다.

그런데 명시거리를 유지하고 25분 동안 꼼짝 않았다. 그 동안 책의 중반을 넘겨 읽고 있었다. 책을 읽어주는 것이 고마워서 조심스럽게 말했다.

"저는 앞으로 5분 있으면 수원역에서 내립니다."

"그러세요? 금방 내리시겠네요."

"그 내용 중에 좀 괜찮은 것이 있습니까?"
"다 좋은 것 같아요. 평택 갈 동안이면 다 읽을 거예요."
"고맙습니다. 다 읽고 나서 좋은 책이라고 생각되시거든 그 책에 증정 사인을 해서 친구한테 선물하시면 좋아할 겁니다."

그리고 나는 이런 생각을 했다.
'내 옆자리에 앉는 사람은 적어도 7천 원짜리 선물을 받는 행운아다. 나를 만났으니 행운아가 된 것이고 내가 행운아를 만들어 놓고 그 곁에 앉았으니 나도 행운아다. 행운은 나에게만 따로 오는 게 아니다. 내가 누군가를 행운아로 만들고 그 곁에 내가 존재하면 바로 나도 행운아가 되는 것이다.'

얼굴이 우둥퉁하고 몸매가 설명하기 곤란한 아가씨였지만 속사람은 바로 내가 찾는 아름다운 독자였다.

아! 나는 몇 년을 더 살아야 속사람을 바로 보는 눈을 가질까? 나는 눈 뜬 장님이고 겉 사람만 보는 애꾸눈이 아닌가.

옆 사람 28

곰 같은 내 인생

내 옆자리에 아주 인상 좋은 청년이 앉았다. 말끔하고 밝은 얼굴이 마음을 끌었다. 그래서 말을 쉽게 걸었다.

"미안해요. 학생인신가요?"

"네."

억양이 경상도 사투리였다. 대단히 똑똑한 인물 같다는 생각을 하면서 더 물었다.

"전공은 무슨 과인가요?"

"기계과입니더."

보기보다 퉁명스런 경상도 본토 사투리다. 학과가 책하고는 거리가 멀 것 같아서 약간 실망감이 스쳤다. 그래도 물었다.

"책 읽기 좋아하시나요?"

"안 좋아합니더."

"내가 책 읽기를 안 좋아하는 사람을 위해 이런 책을 만들었어요. 한 번 보시겠소?"

울타리를 내밀자 마지못해 두 손으로 받아들며 허리를 숙이고 겸손히 인사치레까지 했다.

"어른이 주신 책이니 꼭 읽어 보겠십니더."

그래서 내가 한 마디 더 했다.

"혹시 읽고 싶지 않으면 누군가 책 좋아하는 친한 친구한테 선물로 주셔도 좋아요."

"아입니더. 꼭 읽어볼 거라예."

"어디까지 가시오?"

"구미까지 갑니더."

말끔한 인상과는 달리 경상도 사투리가 주는 무뚝뚝한 억양에 내 목이 쏙들어갔다.

바로 이때 내 가방 속의 스마트 폰의 벨이 울렸다. 기차 속이라 조심스럽게 받았다.

조금 전에 헤어진 교수님이었다.

"안녕하세요?"

아현동 사무실에서 같이 나와 나는 서울역으로, 교수님은 왕십리역에서 수인선을 타러 2호선으로 가셨다. 교수님이 웃으며 말했다.

"하하하, 나 아현동에 왔습니다."

나는 깜짝 놀랐다.

"아현동이시라니요? 지금쯤 한강을 건너가셨을 텐데 웬 아현동입니까?"

"한글출판사에서 나와 2호선을 타고 사장님이 주신 〈울타리〉 3호를 읽다가 너무 재미있어서 지하철 2호선을 한 바퀴 돌아 도로 아현역으로 왔습니다. 사무실로 올라갈까요?"

"아닙니다. 저는 기차 타고 집으로 가는 중입니다. 계속해서 한 바퀴 더 도세요."

"또 돌라고요? 이 책 두 사람이 읽다가 한 사람이 죽어도 모를 만큼 재미있습니다. 하하하."

잠깐 사이 전화를 받다가 옆 청년을 보니 고맙게도 울타리를 읽고 있었다. 그것만 보아도 흐뭇했는데 학생은 웃으며 용기까지 주었다.

"제는 책을 잘 보지 않는데 여기 있는 글들은 스마트 폰에 있는 것도 있지만 책으로 읽으니 머리에 정리가 잘 됩니더. 참 좋은 책 주셔서 고맙십니더."

"고마워요. 시간 날 때 다 읽어보세요."

교수님과 전화는 그렇게 끝났다. 지금은 2호선 타고 왕십리를 향해 가시겠지 하고 생각하면서 울타리를 펴낸 보람을 느꼈다.

내가 세상에 태어나 50년이 넘도록 외길로 달려오며 600종이 넘는 책을 펴냈지만 〈울타리〉를 만들어낸 보람만큼 좋은 기분은 없다.

〈울타리〉는 스마트 폰 시대에 꼭 필요한 스마트 북이다. 전 국민이 블랙홀 같은 스마트 폰에 빨려 들어 헤어나지 못하는 이때 내가 감히 도도한 전파문명 앞에 도전장을 내밀었다는 것이 출판인으로 일생을 투신한 나의 용기며 보람이라는 생각도 들어 기분이 좋았다.

내가 발행한 스마트 북이 전 국민의 사랑을 받는 주머니 속의 작은 도서실이기를 바란다. 과욕일까?

옆 사람 29

지구호 승객들의 합창

나는 오늘 특급열차 지구호를 타고 여행했다.

내 옆 좌석에는 굉장한 사람들이 타고 있었다.

바로 옆에 이택주 수필가, 그 옆에 김어영 시인이 또 옆에는 최건차 수필가가 앉았는데 앞에도 뒤에도 모두 친숙한 얼굴들이었다.

멀리 대구에서 KTX를 타고 오신 박하 수필가와 배정향 시인이 반가웠다. 특히 박하 수필가가 다가와 나를 안아주면서 차에서 받은 간식 건과류 미니 박스를 선물이라고 주시는 우정은 감격적이었다.

이 사람 저 사람 모두가 마스크를 해서 누가 누군지 알 수가 없었다. 뒷좌석으로 갔을 때 예쁜 미인이 나를 보고 인사를 했다. 눈이 예쁜 얼굴인데 누군지 알 수가 없어서 당황하며 인사를 했다.

"누구신지요?"

"모르시겠어요?"

"마스크에 가려서……."

미인이 마스크를 벗으며 물었다.

"이래도 모르시겠어요?"

"이크! 김순희 시인님이시잖아요?"

나는 놀라 박수까지 치면서 반가워했다. 그렇게 마스크에 가려 못 알아본 얼굴이 한둘이 아니었다. 그럴 때 마스크 좀 벗어보실래요? 하면서 발견한 얼굴. 김영백 수필가님, 정사모님, 이 시인님, 안 수필가님, 마스크를 벗지 않으면 알 수 없는 얼굴들이 있고 마스크를 썼어도 알 수 있는 얼굴도 있었다.

코로나 때문에 오래도록 만나기 힘들었던 회원들을 만나니 여간 반가운 것이 아니었다. 회원 중에는 친정오라비라도 만난 듯 반기는 분이 있었고 나도 시집간 누나를 만난 듯 반가움을 느낀 출판 기념회였다.

마지막으로 여자 회원들이 다 모여 사진 찍는 모습을 보면서 예쁜 천사들이 다 모였네 하고 박수를 보냈다. 길게는 25년 짧아도 10년 이상 나하고 친숙하게 지낸 얼굴을 만나는 기쁨은 글로 쓸 능력이 모자란다.

처음 인사한 밝은 인상을 주는 김연수 시인님은 옛날부터 알고 지내던 얼굴같이 친근감이 들고 부담이 없었다. 나를 처음 보시니 나를 소개하는 방법이 없어서 "카톡 한크회원방에서 옆 사람이라는 글을 쓰는 곰입니다" 했더니 금방 아는 체를 하셨다.

가끔 그 글을 읽으셨다고 했다.

나는 회원들의 사랑을 참 많이 받는다는 것을 느낀다. 만나는 사람마다 옆 사람 재미있게 읽고 있다는 인사가 그렇다.

찬양단의 찬양은 언제나 좋았고, 양왕용 교수님 강의는 유익했다. 그 자료를 준비하시느라 수고 많으셨을 거다. 유인물로 되어 있더라면 울타리 한쪽에 살짝 올려도 좋을 내용이었다.

특히 나를 놀라게 한 분은 김어영 시인이다. 얌전한 충청도 아저씨가 시 낭송을 위해 아내를 생각하며 쓴 '머위잎' 긴 시를 암송하시는 것을 보고 저런 애처가 인물이 우리 협회에 있다는 것이 보물이라는 생각도 들었다.

또 눈에 띄는 건 표지 그림이었다.

그 그림을 언제든 울타리에 한 번 실었으면 좋겠다는 생각을 했다. 내 직업이 출판이니 그림만 보면 책 표지를 생각하는 버릇이 있다.

행사 중 남창희 수필가님, 양영숙 시인님의 사회진행도 능숙하여 좋았다.

지구호 열차 옆자리에 이렇게 훌륭한 승객이 별처럼 많이 동석하고 나 같은 것도 끼어 여행한다는 것이 자랑스럽다.

지구호 옆자리 승객 여러분 감사합니다. 모두 건강하시고 건필하여 문단의 별이 되시옵소서.

옆 사람 30

꽃네와 장미울타리

오늘 71번 옆 72번 석 여자 동행자는 단정한 몸가짐이 매우 인상적이었다. 적당한 키에 단정하고 깔끔한 차림, 교양 있게 보이는 꽃네는 단정히 무릎 위에 작은 핸드백을 올려놓고 인형처럼 반듯하게 앉았다.

인상이 주는 분위기가 말을 함부로 걸 상대가 아니라는 생각이 들어서 〈울타리〉 말은 안 하기로 하고 중학생 때 생각을 회상했다.

중 2때 여자 미술선생님한테 느꼈던 그런 감정이 이런 것이었던 것 같다. 그 선생님은 미술시간에 다들 그림을 그리라고 해 놓고는 내 옆에 바싹 붙어서 내 그림 지도만 특별히 해 주셨다.

여기를 이렇게 해야 원근법이 되는 것이라든가 뭐 그런 친절한 지도였다. 서울대 미대를 나왔다는 선생님은 동화속의 공주처럼 매우 뽀얗고 예뻤다.

그 선생님을 회상하면서 옆 좌석의 깔끔이 꽃네한테는 의식적으로 관심을 두지 않았다. 서울역에서 수원까지 30분간 앉았지만 그녀는 단정한 몸매 그대로 담담했다.

그렇게 수원역에서 내렸다. 꽃네가 내 앞에 서서 엘리베이터를 탔다.

나도 늘 타는 대로 그 뒤를 따라 올랐다.

엘리베이터에서 내린 꽃네는 내가 갈 버스 환승장을 향해 걸었다. 나도 그 뒤를 따라 걸었고 내가 타고 갈 400번 버스에 그녀가 먼저 올랐다. 나도 따라 올랐다.

그리고 내가 내릴 아파트 앞 정거장에서 꽃네가 내렸다. 나도 따라 내렸다.

꽃네는 잰걸음으로 내 앞을 걸었다. 나도 따라 걸었다. 드디어 아파트를 둘러친 100여 미터 되는 장미 울타리 길을 따라 걷다가 꽃네가 걸음 속도를 줄이더니 내 뒤에 처져서 걸었다.

나는 흐드러진 장미울타리 장미들한테 반하여 참 예쁘다, 정말 예쁘다 하고 장미에 취해 걷다가 발길을 멈추고 뒤에 따라오는 꽃네한테 감히 말을 건넸다.

"이 장미울타리가 참 예쁘지요?"

꽃네는 생각보다 친절하게 대답했다.

"네. 아주 아름다워요."

"꽃들이 모두 우리를 보고 하하하 웃는 거 같지요?"

"그래요. 모두 웃는 미인들 같아요."

꽃네는 상상보다 상냥하고 웃는 눈이 예뻤다.

"장미 울타리를 아시나요?"

"여기가 장미울타리잖아요?"
이때 내가 가방에서 〈장미울타리〉를 내보이며 말했다.
"이게 장미울타리입니다."
"어머, 정말 장미울타리네요."

"장미울타리를 장미울타리 앞에서 드릴게요. 받으실래요?"
"그냥 주시겠다고요?"
"네."
꽃네는 책을 받아들고 말했다.
"장미 울타리 앞에서 장미 울타리를 받네요. 책이 아담하고 예쁜데요."
"책도 예쁘지만 내용은 더 예쁘답니다. 꼭 읽어 보세요."

"고마워요. 그런데 죄송하게도 저는 겁을 먹고 있었어요. 기차에서부터 여기까지 내 뒤를 계속 따라오시는 것이 불안했거든요. 이런 책을 주시는 분인 줄 모르고…… 미안해요."
그렇게 몇 마디 주고받는 동안 장미 울타리 끝에 이르러 갈래 길에 이르렀다. 꽃네는 왼쪽 길로, 나는 오른쪽 길로 헤어지며 인사.

"안녕히!"
꽃네는 그렇게 단정한 모습으로 걸어갔고 나는 나대로 우리 집을 향해 걸었지만 마음은 꽃네를 따라가 돌아오지 않았다.(2022.6.7.)

* 나는 '그녀'라는 대명사 대신 '꽃네'. '그'라는 대명사 대신 '별네'라는 대명사를 쓰기로 혼자 정함.)

옆 사람 31

쌀쌀맞은 고양이

나는 1호차 63번 석에 앉았고 64번 석에는 같은 여자가 오늘 세 번째 동석했다. 세 번씩이나 앉았지만 말을 건네지 않았다.

이유는 쌀쌀맞고 날카로운 눈빛 때문이었다. 이상하게 그런 여자는 싫었다. 그런 여자가 자리에 꼿꼿이 앉아 스마트 폰에 빠졌다.

승객들이 오르고 어수선한 가운데 두꺼운 두께비 안경에 울퉁불퉁하게 야생적으로 생긴 부인이 다가와 옆자리 여자한테 자리를 내달라는 것이었다. 자기 자리라는 거다.

그러나 고양이 같은 아가씨는 스마트 폰에 입력된 화면을 내보일 뿐 대꾸를 하지 않았다. 안경 아줌마가 험한 기세로 자기 자리라고 하는데도 쌀쌀맞은 여자는 꿈쩍 않고 폰의 화면만 한 번 더 내보이고 무반응.

상대를 완전히 무시하는 태도였다.

안경 아줌마는 화가 나서 당장 덤벼들 기세였다. 그래도 옆자리 여자는 태연히 자기 폰만 내보이고 말이 없었다.

안경 아줌마는 계속해서 자기 자리라고 거의 3분 정도 우기는데도 옆자리는 꿈쩍도 않았다. 내가 보다 못해 끼어들었다.

"미안하지만 아주머니 차표 좀 보여주세요."

안경 아줌마가 차표를 내보였다. 표를 보니 2호칸 63번석이었다.

"아주머니가 잘못 오셨습니다. 앞 칸으로 가셔야 합니다."

그제야 아줌마가 자기 표를 자세히 보더니 미안하다는 말 한 마디 없이 넓적한 엉덩이를 씰룩거리며 통로를 걸어 앞칸으로 갔다.

이렇게 오만한 사람은 처음 보았다. 한 자리에서 3번씩이나 만났으면 인사라도 할 만한데 그렇지도 않았고 안경 아줌마를 내가 떠나가게 해 주었는데도 인사가 없었다.

괘심한 생각이 들어서 말을 하기 싫었지만 말을 걸었다.

"아가씨는 어디까지 가시나요?"

아가씨는 말없이 스마트 폰에 글자를 찍어 보였다.

"대전!"

"대전까지 가세요? 멀리 가시네요."

여자는 또 폰에다 "네"라고만 글자를 찍어 보여주었다.

건방진 여자라고 생각되어 고개를 돌렸다. 그리고 수원 거의 다 왔을 때 그녀가 스마트 폰을 내밀었다.

"죄송해요, 저는 성대수술을 받고 가는 길이에요. 말을 할 수 없어요, 3일 동안 같은 자리 예매가 되어 선생님하고 같이 앉았어요. 어디까지 가시나요?"

"그러시군요. 수원역이라 지금 내려야 해요. 잘 가세요."

나는 차에서 내렸다. 말을 못하고 있었으니 얼마나 답답했을까. 나도 젊어서 성대수술을 해 보아서 그 사정은 안다. 잠깐이나마 내 맘대로 오해해서 미안했다.

옆 사람 32

거울 속의 미인

버스 앞자리에 아가씨가 앉아 손바닥 속에 조개껍질만 한 거울을 들고 화장을 하고 있었다.

얼굴의 일부가 차가 흔들릴 때마다 뒤로 비쳤다. 꼭 오므리고 입술을 뾰족하게 모아 빡빡 빨며 루즈를 칠했다.

동그랗고 빨간 입술이 장미나 앵두보다 곱고 예쁘게 보였다.

작은 손끝으로 코끝을 문지르는 모습도 고왔다.

하얀 피부에 코가 오뚝해 보이는 것이 까놓은 마늘쪽 같다.

코를 매만지고 나서는 눈썹을 그렸다.

아이라인을 흔들리는 자동차 속에서도 섬세하게 그리는 솜씨는 놀랄 만큼 능숙하다.

새까만 눈썹에 진한 속눈썹 그리고 강하게 느껴지는 쌍꺼풀과 까맣게 빛나는 눈동자.

목이 길게 올라온 것으로 보아 팔등신 미인임에 틀림없어 보였다.

'저렇게 예쁜 얼굴도 있구나…… 놀랍다 놀라워.'

마치 명화를 바라보는 감상자의 눈으로 취해 있다가 정거장에서 내렸다. 얼마나 멋지고 아름다운 얼굴일까?

궁금한 마음을 진정시키지 못하고 돌아보았다.

순간 깜짝 놀랐다. 얼굴 전체를 본 팩트에 실망하지 않을 수 없었다.

뒤에서 거울로 본 조각조각 얼굴 부분의 아름다운 여자는 어디로 갔는지 그 여자가 아닌 전혀 다른 얼굴이었다.

그 얼굴은 균형이 깨진 조각 거울 바로 그것이었다.
키는 위로 크고 다리가 짧고 장미꽃 봉오리 같은
입술은 잘못 빚은 송편에다 물감을 칠한 것처럼 벌겋게 개구리 입처럼 넓적하고 까놓은 마늘같이 예쁜 코는 눌렀다 놓은 공 같고 시커먼 눈썹은 툭 튀어나온 좁은 이마에 바짝 달라붙어 무너진 까치집 같고 두툼한 쌍꺼풀은 고치다 만 초가지붕 같았다.

다행히 눈빛만은 거울 속에서처럼 맑고 까맣게 빛났다.
하나님이 얼굴 구조를 잘못 조립한 것이 틀림없다.
조각 거울로 볼 때는 분명한 미인이었는데
어째서 조각 전체를 모았을 때는 저렇게 잘못 앉혀졌는가?
그러나 그 여자는 자신 있는 걸음으로 힘차게 걸어가며
아직도 못다 손질한 얼굴을 다듬어댔다.
그녀는 커다란 은행 안으로 들어갔다.
손님이 아니었다. 그녀가 은행 깊숙이 닫힌 문을 열고 들어설 때
행원들이 일제히 일어나 허리를 숙였다.

그녀의 얼굴보다 되게 못생긴 건 나였다.
겉으로 보이는 아름다움만 찾는 내 눈이 천박한 것이다.
어찌 얼굴만 보고 속사람 보는 눈은 없을까?
나는 인생을 몇 번이나 더 살아야 제대로 된 인간이 될까

옆 사람 33
우물 안 개구리

1년 동안 내 옆자리에 240명이 앉았지만 자리에 앉으면서 인사하는 사람을 오늘 처음 만났다.

40쯤 되어 보이는 차분하고 얌전한 인상의 여성분이었는데 옆자리에 와서 겸손히 허리를 숙이며 '저 여기 앉겠습니다.' 했다. 나는 당연히 '네 앉으세요.'하고 대답한 다음 말을 건넸다.

"저는 수원까지 갑니다만 어디까지 가시나요?"
"왜관까지 갑니다."
왜관이라는 말을 듣는 순간 50년 전 내가 33세 때 도서출판을 시작하고 2년째 되는 어느 날 생각이 문득 떠올랐다. 그 날 오후 5시쯤이었는데 50대 후반으로 보이는 어른 부부가 우리 사무실로 들어와 대뜸 이런 인사를 했다.

"선생님요, 우리 좀 도와주이소."
난 돈을 구걸하는 사람인 줄 알았는데 한분이 보자기에 싼 물건을 내놓으며 말했다.

"이기 진짜 꿀입니더. 우리 부부가 이것을 친지를 주려고 가지고 왔는데 그 사람이 집에 없고 돌아갈 차비도 모자라서 이것을 팔라고 하는데 사주는 사람이 없십니더. 선생님, 이 꿀 좀 사주이소."

가짜 꿀 장수가 왔나 싶어 안 사겠다고 하자 아주머니가 사정을 했다.

"선생님요, 우리 좀 살려주소. 이것을 몬 팔면 우리는 집으로 갈 차비가 없어서 몬 갑니더."

"집이 어디세요?" 하고 묻자 두 분이 이구동성으로 "왜관입니더."하는데 사기꾼 같지 않아 억지로 3만 원을 주고 샀다. 두 분 말로는 5만 원도 안 아까운 꿀이라 하였다. 먹어보니 가짜는 아닌 것 같았다. 두 분은 굽실굽실 인사를 하고 돌아가면서 한 마디를 남겼다.

"우리는 왜관서 문화여관을 합니더. 왜관 오시면 꼭 한번 들리소."

나는 왜관에 갈 일도 없지만 거기가 어딘지도 모르고 지금까지 지냈는데 옆자리 승객이 왜관까지 간다는 말에 궁금해서 물었다.

"왜관이 대구보다 멉니까?"

"대구보다 가깝습니다."

"거기까지 몇 시간이나 걸립니까?"

"앞으로 한 시간 40분 정도 걸립니다."

"그다지 멀지는 않네요. 혹시 책 읽기를 좋아하시나요?"

"네, 좋아하는 편입니다."

"그러시면 가시는 동안 이 책 한번 읽어 보실랍니까?"

하고 〈울타리〉를 내밀었다.

"그냥 주시겠다고요?"
"네. 읽어만 주시면 고맙습니다."
인상이 단정하고 좋아서 또 물었다.
"미안합니다만 무슨 일을 하시나요?"
"전에 대구 출판사에서 그림을 그렸습니다."

그림이라는 말에 나는 귀가 번쩍 띄었다. 동화를 써놓고 화가를 만나지 못하여 화가 만나기를 바라고 있기 때문이었다. 그래서 염치없는 소리를 했다.

"저는 동화를 써 놓고 그림 없는 책을 냈습니다. 제가 쓴 동화가 있는데 그림 좀 그려주실래요?"
"작품을 보아야지요."

"그 책 〈울타리〉 판권에 이메일이 있습니다. 거기다 선생님 메일 주소를 넣어 주시면 동화 원고를 보내드리겠습니다."
"그러세요."

그리고 나는 차에서 내렸고 옆자리 승객이 떠난 다음 날 이메일로 주소와 전화를 알려왔다. 나는 어떤 작품을 보낼까 생각하다가 짧은 동화 〈뻐꾸기와 종달새〉라는 탁란을 소재로한 41쪽짜리 원고를 보냈다. 그리고 며칠 뒤에 그분의 답이 이메일로 왔다.

* (여기서부터 작가님들은 내 이야기를 끝까지 꼭 읽어 보시기 바람)

이메일로 온 답글은 7쪽을 스캔하여 올린 것으로 내 글 가운데 잘못된 곳을 빨간 연필로 지적하여 놓았는데 나를 깜짝 놀라 했다.

나도 내가 그렇게 엉터리 작품을 쓴 줄 몰랐다. 7쪽 쪽마다 지적한 곳을 살피고 감동하여 전화를 했다.
"선생님 감사합니다. 미숙한 작품을 보여드렸는데 친절히 지적하여 주시니 배움이 됩니다."

"아닙니다. 제가 작품을 잘못 이해한 것 같기도 합니다. 받고 2번 읽었습니다. 첫 번 읽고는 실망했다고 할까요. 작품 소재가 흔한 것으로 평범하고 집필 테크닉이 70년대라고 할까요. 크게 작품 평을 할 수는 없었습니다."

나는 실망하여 다시 물었다.
"그럼 50점짜리도 안 되나요?"
"그렇지 않아요. 두 번 째 읽고 생각을 다시 하게 되었어요. 이런 작품을 쓰자면 연륜과 창작 경력이 많은 사람이 아니면 쓰기 쉽지 않은 작품이라는 생각이 들었습니다. 처음 속독한 것과 두 번째 정독한 소감은 달라요."

이런 평을 받고 나니 내가 전저지와(井底之蛙)라는 생각이 들었다. 80년 넘도록 나이만 잔뜩 주워 먹고 실력은 유치원생이라는 생각.
"감사합니다. 앞으로 더 좋은 작품을 써 보겠습니다. 안녕히 계세요."
그리고 생각했다. 작품이 시원찮아서 그림을 안 그려주시겠구나 했다.

그런데 어제 작품 지적한 문맥을 스캔한 것을 또 보내왔다. 무려 1쪽부터 27쪽까지!

나는 지적한 곳을 스캔하여 보낸 페이지를 자세히 읽었다. 그러면서 이런 생각을 했다.

'내가 작품 쓰는 태도가 매우 방만하고 양적 욕심만 채우려 들고 질적 배려는 없이 그냥 날아다니고 싶어 한 것이 흠이다. 나는 작품을 쓸 때 깊이 구상하고 한 문 장, 한 단어를 심도 있게 선택하지 않고 함부로 기분 나는 대로 써왔다. 문장은 깊이 생각하여야 하고 단어는 고소장 문구 쓰듯, 소송 답변서 단어 쓰듯, 법률용어를 쓰는 자세 이상으로 신중히 단어와 문장을 쓰고 다듬어야 하는데 나는 그런 것에 너무 경솔했다.'

한명희 소설가가 '문장과 단어는 바위에 글자를 새기듯 써야 한다'는 말이 실감난다.

나는 많이 쓴 것만 자랑한 내가 부끄럽고 나 같은 사람이 더 있어서는 안 된다는 생각을 하고 왜관으로 감사의 문자를 보냈다. 그분한테 물었다.

"유화나 수채와 일러스트 가운데 어떤 것으로 그림을 그리시나요?"

"저는 그런 것에는 신경을 쓰지 않아요. 작품을 보고 어느 것을 선택하여 그릴 것인가를 결정해요. 아무 작품이나 그림을 그리지 않아요."

이 말씀 또한 처음 듣는 말이었다. 대개는 작품을 내놓고 그림을 그려

달라고 하면 자기 취향대로 그려주는 것이 보통인데 작품의 성격에 따라 그림 장르선정을 한다는 것도 나한테는 생소한 답이었다.

〈뻐꾸기와 종달새〉라는 탁란(托卵) 판타지 동화 삽화를 그 선생께서 그려주셨으면 좋겠다. 마치 초등학생이 선생님이 주시는 점수를 기다리듯이.(2022.6.17.)

옆 사람 34
지겨운 30분 즐거운 30분

한 자리에서 30분간 동행하는 사람이 함께 앉은 것이 불편하여 30분이 길게 느껴지는 사람이 있고 같은 30분이 아주 짧게 느껴지는 사람이 있다.

옆자리에 폭탄이 터진 느낌이 들만큼 멧돼지 같은 사람이 쿵 하고 앉자마자 늘어진 배를 내 앞에 늘어뜨리고 내가 열어놓고 내다보는 창문 커튼을 확 닫더니 의자를 벌렁 젖히고 다리를 쩍 벌리고 누워 무슨 소린지 중얼거리던 사람.

그는 나를 불쾌하게 만들어 놓고 인사 한 마디 없었다. 그 꼴을 보고 침묵으로 동행하는 나는 그 옆에서 당장 떠나고 싶었다. 그 시간만큼 지루한 30분도 없었다.
나는 그 뚱뚱이 때문에 옆에 누가 올까 하는 불안의 트라우마가 생긴 터다.

그런데 오늘은 꾀꼬리같이 고운 목소리에 공주같이 아름다운 23세 아가씨가 나를 기쁘게 했다.
그녀는 내가 말도 걸기 전에 어디까지 가세요? 오늘 날씨가 참 좋지요. 저는 대전에 진구 만나러 가는 중이에요.

이라는 아가씨한테 내가 웃으며 '그래요, 참 좋은 날이에요. 내가 선물 하나 드릴까요?' 하자 '주시면 고맙지요.' 하여 〈울타리〉를 내밀자 '책이네요. 저는 책을 아주 좋아해요.' 했다.

그리고 받더니 한참 동안 읽었다. 책 읽는 모습이 너무 예뻐서 나는 꽃보다 예쁜 사람이로군 하고 생각하는 동안 차가 수원이 가까워졌다.

아가씨는 '저는요, 박정희 대통령이 어떤 분인지 잘 몰랐고요, 나쁜 독재자라고만 배워서 알았는데 여기 독일에 가서 광부하고 간호사를 만난 글을 읽어 보니 나도 눈물이 나요. 정말 훌륭한 대통령이셨네요.'

'그렇지요. 박대통령은 정말 한국을 살린 지도자였습니다.'

그리고 순간 이런 생각을 했다.

'나는 〈울타리〉를 잘 만들었다. 더 좋은 책을 만들어서 스마트 폰 에 빠진 사람들을 책 읽는 사람들로 끌어내야 한다.'

그 아가씨에게 박대통령 이야기와 스마트 북 울타리 이야기를 더 하고 싶었는데 그만 차가 도착하여 자리를 뜨면서 인사했다.

'잠깐이지만 아가씨 즐거웠어요. 이름은?'

'최은*이에요. 안녕히 가세요.'

같은 30분인데 너무 짧고 아속한 이별이었다. 무엇을 하는 아가씨인지, 어디 사는지도 모르지만 잠깐이지만 따듯한 마음을 나누었기에 고맙고 아름다운 기억이 지워지지 않는다.

같은 30분이 불쾌할 수도 있고 즐거울 수도 있는데 부부가 한 번 만나면 죽음의 종착역까지 가야 한다.

좋은 옆 사람 만난다는 것이 얼마나 큰 행운인가. 오죽하면 이혼을 하겠는가만.

대개의 부부는 좀 섭섭해도 참고 용서하고 이해하고 그렇게 살아가면서 늙어가며 백년해로라는 말을 듣는 것이다.

부부로 만나 서로 안 떨어지고 아옹다옹하면서도 자녀를 곱게 기르며 꿈을 길러주는 부부처럼 아름다운 관계도 없지 않은가.

옆 사람 35

꺽다리 킹크랩

63번 좌석은 입구에서 뒤로 한참 걸어야 도착하는 자리다.

오늘은 또 누가 내 옆에 오시려나? 기다리는데 긴 통로에 줄줄이 들어서는 승객들 가운데 기인 하나가 등장했다.

키가 2미터도 넘을 듯 굉장히 큰 거인이 앞사람을 따라 오는데 뒤에 따르는 사람이나 앞선 승객들이 모두 난쟁이들로 보였다.

야! 굉장한 거물이 나타났구나!

나는 감탄하며 그가 어디로 가서 앉을까 생각했다.

설마 내 옆자리는 아니겠지 하고 은근히 밀어내려는 심사로 지켜보고 있는데 그가 성큼성큼 오더니 하필이면 내 옆자리 64번 석에 서서 허리를 숙이고 다리를 꺾고 앉는 게 아닌가!

희한한 꺽다리 킹크랩이 내 곁에 인사도 없이 앉았다.

그런데 웃기는 현상은 다리가 너무 길어서 좁은 자리에 다리를 꺾고 넣어도 안 되어 내 쪽으로 한 다리를 들이밀고 뻗고 오른쪽 다리는 통로로 내밀고 앉았다.

다리는 그런데 더 놀라운 모습이 나를 웃겼다.

그렇게 큰 사람이 자리에 앉았는데 그 이마가 내 어깨 아래로 납작하게 내려다보이는 것이었다.

그는 앉자마자 쓰고 있던 안경을 대머리 위로 밀어 올리고 스마트 폰을 들여다보았다. 하체는 키다리인데 상체는 난쟁이에 가까웠다.

쓰고 있던 안경은 왜 벗고 스마트 폰을 보는지?

다른 사람은 안 썼던 안경도 쓰고 보는데 왜 쓰고 있던 안경을 벗어?

다리만 길고 상체는 짧아서 마치 다리만 긴 킹크랩을 연상케 했다.

다리가 그렇게 긴 사람을 곁에 앉히고 힐끔거리자니 갑자기 어린 시절 엄마한테 듣던 〈반쪽이 이야기〉 생각이 났다.

내가 일곱 살 때는 집집마다 석유 등잔으로 밝히고 살았는데 석유 값이 비싸다고 일찍 등잔불을 껐다.

초저녁에 억지로 자리에 누워 잠을 청해도 잠이 오지 않을 때는 엄마가 옛날이야기를 들려주셨다. 지금도 생각나는 것이 장화홍련전, 유충렬전, 심청전, 춘향전, 흥부와 놀부 이야기, 그밖에도 더 많다.

그런데 특히 지금도 머릿속에 떠도는 이야기인데 오늘 옆자리에 앉은 키다리가 〈반쪽이 이야기〉를 떠올리게 했다.

혹시 이 글을 읽는 분 가운데 〈반쪽이 이야기〉를 들어보신 분이 있으면 만나고 싶다. 이유는 그 이야기의 마지막을 잠이 들어서 못다 들은 때문이다. 그 이야기는 참 재미있었다.

잠깐 앞 이야기만 들려준다면 이렇다.

옛날 어느 동네에 키가 삼척이나 되는 장다리 반쪽이가 살았다. 반쪽이라 눈도 반쪽, 코도 반쪽, 입도 반쪽, 목도 가슴도 팔도 오른팔만 있었다.

아주 긴 다리도 반쪽인데 힘이 얼마나 장사인지 한번 다리를 접었다 쭉 펴고 뛰어오르면 십리를 뛰고 마음만 먹으며 아무데고 가고 싶은 곳을 한 번에 뛰어 간다는 것이다.

반쪽이가 하루는 산속으로 돌아다니는데 집채만 한 바위 위에서 한 사람이 자고 있는데 숨을 들이마시면 바위가 쑥 들어가고 숨을 내쉬면 바위가 불쑥 올라오는 것이었다.

반쪽이가 가까이 가서 잠자는 사람을 깨웠다. 그랬더니 자던 사람이 눈을 번쩍 뜨고 황소 같은 소리로 외쳤다.

"어떤 놈이 남의 잠을 깨우는 거냐? 허허, 도깨비야 뭐야? 반쪽짜리가 사람도 아닌 것이 어디서 감히!"

반쪽이가 대답했다.

"이 사람, 사람 잘못 보았네. 내가 도깨비?"

"네가 도깨비가 아니고 뭐냐? 물러가라."

"좋다, 물러갈 테니 나하고 내기 한번 해보자. 네가 이기면 물러가마."

"뭣이 어째? 병신이 육갑하는 소리를 하는구나. 좋다, 해보자."

반쪽이가 제안했다.

"저 산 꼭대기에 큰 나무 밑까지 누가 먼저 올라가나 경주하자. 먼저 올라간 사람이 형이 되기로 하자."

반쪽이를 우습게보고 대답했다.

"좋다. 네 말대로 하자. 자, 그럼 이제 똑같이 뛰는 거다."

"좋다, 출발!"

바위에서 자던 장사가 달리기 시작했다. 한참 달리다 돌아보니 반쪽이가 그냥 서 있는 게 아닌가. 그것을 보고 소리쳤다.

"왜 가만히 있는 거냐? 자신 없다는 것이니? 항복이냐?"

"무슨 소리! 간다!"

이렇게 소리치던 반쪽이가 쿵 하고 발을 굴렀다.

그것을 본 바위장사가 숲속을 헤치고 달리기 시작했다. 땀을 뻘뻘 흘리며 산꼭대기에 다 올라 돌아보니 반쪽이가 보이지 않았다.

"병신이 감히 나하고 경주를 하자고, 흐흐흐."

이렇게 비웃는데 산 위에서 반쪽이 소리가 들렸다.

"이봐라, 그렇게밖에 못하겠느냐?"

올려다보니 어느새 반쪽이가 앞서 나무 아래서 비웃고 있는 것이 아닌가. 바위장수는 그 앞에 무릎을 꿇었다.

"형님으로 모시겠습니다."

"좋아, 깨끗이 승복하는 네가 마음에 든다. 넌 이제부터 내 아우다. 이름은 바위산이다."

"네, 형님."

힘이 장사인 의형제는 산을 넘고 넓은 들을 걸었다.

그런데 한 곳을 바라보니 굉장히 큰 정자나무가 허리를 숙였다 폈다 하는 것이었다. 바위산이 말했다.

"형님, 이상한 일도 다 있습니다. 나무가 저렇게 허리를 숙였다 폈다 하다니 이상하지 않습니까?"

"가 보자."

그들이 나무 아래 도착해 보니 한 장한이 나무 그늘에서 자고 있는데 숨을 들이쉬면 나무가 푹 숙이고 숨을 내쉬면 나무가 벌떡 일어서는 것이 아닌가!

뒷이야기가 너무 길어서 여기서 줄이고 다음 기회에!

킹 크랩과 한 자리에 앉아 엉뚱한 생각을 하다가 수원에 도착.

나는 키다리 다리 사이로 빠져나오고 그도 나도 인사도 없이 그렇게 나무처럼 뻣뻣이 동석했다가 헤어졌다.

옆 사람 36

판도라의 상자

사람은 판도라의 상자와 같아 옆에 앉은 사람과 말을 트지 않으면 그가 어떤 사람인지 알지 못한다. 그러나 그 입을 열어보면 그 사람 속이 드러난다. 바로 입은 판도라의 상자 뚜껑이다.

내 옆자리에 앵무새보다 예쁘고 사랑의 노래보다 아리아리한 20세로 보이는 깔끔하고 단정한 아가씨가 앉았다. 아담한 키에 노란빛이 도는 갈색 머리에 인형처럼 작고 하얀 피부의 미인이었다.

이 예쁜 아가씨는 눈도 맑고 착해 보이고 흠잡을 데가 없는 천사 같은 미모였다.

저렇게 예쁜 사람이니 마음은 또 얼마나 아름다울까 생각하며 한참을 가다가 말을 건넸다.

"아가씨, 독서 좋아하시나요?"

아가씨는 놀란 듯 예쁜 눈을 깜박이며 물었다.

"독서가 뭐예요?"

"책 읽기요."

"저 그런 거 안 좋아해요. 책이라면 질색이에요."

'……!!'

나는 순간 실망을 했다. 그렇지만 한번 말을 건넸으니 〈울타리〉를 주어 책과 친하게 하리라 생각하고 책을 내밀었다.

이 예쁜 아가씨, 책도 안 받고 자기 스마트 폰을 내밀어 보이며 하는 말.

"이렇게 좋은 게 있는데 왜 책을 읽어요. 이 안에 뭐든지 다 들어 있어요. 지금 누가 책 같은 걸 들고 다니며 읽어요."

아!! 이 말에 나는 기가 꺾였다. 내밀었던 손이 부끄러웠다. 그렇지만 이런 인간을 위해서 만든 것이 울타리가 아닌가.

미모에 호감이 갔었지만 실망이 이만저만이 아니었다.

판도라의 상자에서 나오는 경멸, 시기, 원한, 질투, 복수, 슬픔, 미움 등 온갖 재앙이 쏟아져 나왔지만 마지막에 희망이라는 것이 남아 있어서 판도라가 그것을 꺼내어 세상에 풀어놓았다고 하지 않았던가.

'요 예쁜 것이 나를 실망시키고 있지만 판도라 상자 속에 마지막 남은 희망으로 사람들은 어려움을 극복하고 살아가는 것이다. 나도 희망으로 사는 사람이다.'

나는 실망한 감정을 누르고 물었다.

"아가씨는 어디까지 가시나요?"

"부산 가요."

"앞으로도 다섯 시간은 가야겠지요?"

"네."

"그 동안 지루하시지요?"

"네."

"스마트 폰도 계속 들여다보면 지루하시지요?"

"그럴 때는 자요."

"자고 깨서는 뭘 하시나요?"

"창밖을 보지요."

나는 아가씨 가슴에 못을 박듯 말했다.

"이 스마트 북은 스마트 폰 을 보다가 지루할 때 보라고 만든 착한 반려예요. 이거 받으셨다가 언제든 지루할 때 한 페이지라도 들여다보세요. 절대 손해 볼 일은 없어요. 어떤 책이든 스마트 폰처럼 재미는 없지만 읽어두면 지식이 돼요. 스마트 폰은 재미로 보지만 책이 주는 지식처럼 남지 않는다는 건 알아야 해요."

아가씨는 나를 힐끗 보더니 마지못해 울타리를 받아주었다. 거저 주고 뺨맞는다는 치사한 생각도 들었지만 참고 말했다.

"고마워요. 가다가 한 페이지라도 읽어 보시고 맘에 안 들면 가까운 친구한테 주세요. 책 좋아하는 친구는 선물로 생각하고 좋아할 거예요."

아가씨는 억지로 책장을 열더니 한 페이지를 읽으면서 고개를 까딱하고 웃어 보였다. 내용이 마음에 든다는 표시 같았다.

싫다는 것을 억지로 주며 고마워한 내가 한심하다는 생각을 하며 수원역서 내렸고 아가씨는 눈으로 웃으며 인사를 건넸다. 꽃네는 부산을 향해 가고 나는 시내 버스에 올라 생각했다.

'사람은 판도라 상자 같다. 처음 만난 사람과 말을 트지 않으면 그가 어떤 사람인지 알지 못하지만 그 입을 열어 보면 그 사람이 보인다.'

옆자리 예쁜 아가씨는 바로 판도라의 상자였다. 그 예쁜 아가씨의 뚜껑인 입에서 나오는 말이 얼마나 실망스러웠던가. 그래도 나는 판도라의 상자에 마지막 남은 희망을 위해 웃으며 오롯이 한 길을 가는 중이다.

옆 사람 37

예쁜 할미꽃

제 시간에 도착해 있어야 할 기차가 오지 않아 승차장 벤치로 갔다. 나보다 먼저 와서 차를 기다리는 분이 있었다.

가까이 다가가 보니 우리 협회에서 2년간 회장을 지내신 전덕기 권사님으로 보였다.

둥그런 챙이 달린 동그란 하얀 모자, 빨간 블라우스에 녹색바지, 그리고 하얀 구두, 하얗게 보이는 뒷머리, 선하게 보이는 눈과 예쁘고 동그란 얼굴.

하마터면 "권사님!" 하고 인사를 할 뻔했다. 내가 가까이 다가가자 그 분이 방긋이 웃으며 앉은 옆자리를 살짝 피해 앉으며 "이리 앉으세요." 했다.

나는 '고맙습니다.' 하고 앉으며 그분의 얼굴을 살폈다. 외모와 차림은 전덕기 회장님과 똑같이 생겼는데 마스크를 해서 확실히 알 수는 없었지만, 권사님은 지금 건강 문제로 외출이 어려운 처지라 다른 분이라고 생각했다.

내가 이상한 눈으로 바라보자 그분이 물었다.

“내 얼굴에 무엇이 묻었나요?”
“아닙니다. 아주 곱고 예쁘셔서 보았습니다.”
“아이고 고마우셔라. 어디까지 가세요?”
“수원까지 갑니다. 여사님은 어디까지 가시나요?”
그분은 친절하게 대답했다.
“저는 평택까지 갑니다만 댁은 무슨 좋은 일로 가시나요?”
“저는 날마다 이 차로 출퇴근을 합니다.”

“그러시군요. 그런데 내가 이렇게 늙었는데도 보시기에 좋습니까?”
“네. 연세가 어떻게 되셨는지 모르지만 아주 예쁜 얼굴이십니다.”
“호호호, 그러세요? 저는 올해 일흔 둘입니다. 댁은?”
“저는 여사님보다 열 하고도 한 살이 더 많습니다.”

“그러시군요. 저는 옛날에 예쁘다는 소리 많이 들었습니다. 그래서 저를 며느리 삼겠다는 어른들, 자기 애인이 되어달라고 쫓아다니는 총각들, 결혼하자고 덤비는 부잣집 아들들. 정말 젊어서는 어디를 가도 사람들이 예쁘다고 했습니다. 보실래요? 거짓말 아닙니다. 이건 제가 마흔 두 살 때 사진입니다.”

그러면서 낡은 가죽지갑에 곱게 보관하고 있는 사진을 펴보였다.
빨간 원피스에 매끈하게 쪽 뻗은 다리며 야리한 허릿매와 단정히 말아 올린 머리가 삼십대로 보이는 예쁜 사진이었다.
그분은 사진을 보여주면서 젊은 날 하늘을 날아다니던 새처럼 잊을 수 없다는 추억을 자랑했다.

그러는 사이에 차가 들어왔다. 마침내 자리를 떠야 할 시간이었다. 여사님이 물었다.

"무슨 일을 하시기에 그 나이에도 출퇴근을 하시나요?"

"출판을 합니다. 여사님은 책 읽기를 좋아하시나요?"

"네. 좋아합니다."

나는 반가운 생각에 울타리를 내밀었다.

"이 책 받으실래요?"

"그냥 주시겠다고요?"

"네. 읽어만 주시면……."

"아이 좋아라. 책도 예쁘게 생겼네요. 나는 책만 보면 잠도 안 자고 읽을 만큼 아주 좋아합니다. 좋은 선물 고맙습니다."

그분은 3호차로 가며 귀여운 손을 흔들며 승차.

나는 1호차 63번 석으로.

열차 출발이 늦어져서 엉뚱한 나그네끼리 많은 이야기를 나눌 수가 있었다. 세상에는 옆자리가 어디든 한정된 곳 없이 참으로 많다. 기차 좌석에만 있는 게 아니다. 아무데고 옆에 앉으면 다 옆자리가 아닌가. 수원까지 오는 동안 생각했다.

"예쁜 할미꽃이 그냥 예쁜 게 아니다. 자기가 가꾸어야 예쁜 꽃이 되는 거다. 그분은 외모도 예뻤지만 마음이 더 예쁘게 느껴졌다. 책을 좋아한다는 것도 예쁘지만 아름다운 추억을 늙히지 않고 젊은 사진 한 장이라도 품고 다닐 만큼 젊음을 아끼고 인생을 밝게 산다는 점이다. 오늘 대기실 벤치에서 만난 옆 사람은 늙지 않은 예쁜 할미꽃이었다.

옆 사람 38

화려한 비단벌레

내가 어렸을 때 학교 가는 높은 고개를 넘는 오솔길엔 온갖 벌레들의 놀이터였다.

그 벌레들 가운데 별 볼일 없이 수두룩한 것이 풀묵지이고 가장 못생기고 미운 놈은 송장풀묵지였다.

그리고 잡고 싶었던 귀여운 놈은 다리가 길고 파란 땅개비(방아깨비)이고 무서웠던 놈은 눈깔을 부라리던 오줌싸개(사마귀)였다.
아무리 까불고 다녀도 무시했던 놈은 땅개비 등을 타고 다니던 홀쭉한 때까치였다.

그리고 부러운 건 잠자리이고, 예쁘지만 부럽지 않은 건 나비였는데 무엇보다 무서운 건 뱀이었다.

고목나무 밑에는 집게벌레가 까맣게 우글거렸는데 장난감으로 두 놈을 잡아다 싸움을 시키고 놀다가 버리기도 했다.

내가 다니던 학교 길은 온갖 벌레들의 마트였고 나무와 나무 사이에 그물을 쳐놓고 먹거리가 걸리기를 기다리며 눈을 부라리던 거미도 옛날 친구 같다.

또 길옆 숲속에서는 여치가 비단같이 고운 소리로 노래를 부르고 베짱이는 하프를 연주했다.

그런 속에 어쩌다 꿩이 꿩꿩하고 소리치면 메아리가 길게 울려 퍼지고 산길은 갑자기 바다 속처럼 고요해졌다.

그럴 때 소리도 없이 내 앞에 나타난 새파랗고 화려한 비단벌레가 꼬리를 치며 앞질러 달아났다. 그놈은 벌레들 가운데 내가 가장 예뻐하는 벌레였다.

얼마나 빠르게 달아나는지 잡으려고 따라가도 잡을 수가 없었다. 예쁘고 얄미운 비단벌레는 학교 길에서 단연 미스코리아였다.

내가 갑자기 어려서 넘던 학교 길을 왜 떠올렸는가 하면 내 옆자리에 비단벌레같이 화려한 부인이 나타났기 때문이다.
그 부인은 보통 키에 빨간 구두에 노랑 블라우스, 초록치마, 얼굴은 평범했는데 귀고리가 눈길을 끌었다.
귀고리 크기가 사과만큼 큰데 황금이 아니라 새까만 바탕에 하얀 줄이 몇 개 쳐 있는 어두운 디자인의 귀고리였다.

부인이 비단벌레보다 예뻤느냐고? 아니다 어림도 없다. 스마트 폰 에 빠져서 내가 자기 귀고리를 노려보는 것도 모르고 있었다.

한참 후에 내가 물었다.
"여사님은 독서를 좋아하시나요?"
"독서가 뭐예요?"
"책 읽기예요."
"난 세상서 가장 보기 싫은 게 책이에요. 왜 책 말을 하시지요?"

"여사님이 품위 있게 보여서 그랬습니다."
"됐어요. 난 이렇게 살아요. 다들 보기 좋다고 부러워하고."
"책이 싫다지만 기억에 남는 책은 있지 않으신가요?"

"책이라면 진저리가 나요. 그런 이야기는 하지 마세요. 밥맛이에요. 남 연속극도 못 보게 방해하시면 어떡해요?"
"죄송합니다."

나는 민망하여 스마트북 〈울타리〉 말은 꺼내보지도 못하고 입을 다물었다. 그리고 생각했다. 어렸을 때 본 비단벌레와 송장풀묵지가 떠올랐다.

껍데기는 화려한데 속사람이 송장풀묵지 같아서였다.
곤충 가운데 가장 많이 돌아다녀도 아무도 관심을 두지 않고 싫어하고 발로 툭툭 차버리는 것이 송장풀묵지다.

그 화려한 부인은 비단벌레인 줄 알았더니 유감스럽게도 송장풀묵지였다.

옆 사람 39

민들레 같은 아가씨가!

내 옆에 바람보다 가벼운 민들레 홀씨가 날아왔다.

호리호리하고 작은 몸매의 아가씨는 옷깃도 스치지 않고 내 옆자리에 나비처럼 내렸다.

하늘하늘한 하얀 원피스 차림, 뽀얀 피부에 갈색 머리는 언뜻 예쁘고 하얀 나비 같은 느낌이 귀엽게 보여 호감이 갔다.

그런데 이 민들레 홀씨는 앉자마자 노란 표지의 책을 펴들었다.

책을 가진 사람만 보면 나는 눈이 번쩍. 그리고 무슨 책일까 하고 기웃거린다.

'귀엽게 생긴 아가씨가 책을 좋아하는구나! 참 아름다운 모습이야, 무슨 책일까?'

나는 반가운 기대를 가지고 표지를 보려고 기웃거리는데 아가씨는 금방 책을 짝 펴들더니 핸드백에서 스마트 폰을 꺼내어 오른쪽 책장에 올려놓고 게임을 시작했다.

아! 실망. 책은 안 읽고 게임에 빠지다니!

나는 궁금증이 생겨서 말을 건넬 수밖에 없었다.

"아가씨 미안해요? 책은 안 읽고 스마트 폰만 보시나요?"
"네, 책은 폼이에요."
내가 물었다.
"폼이라면?"
"요새 책은 안 읽고 스마트 폰만 하는 사람들이 많잖아요?"
"그래서요?"
"이렇게 하면 남 보기에는 내가 책 읽는 것같이 보이지 않겠어요. 책은 폼이지요."
"그래도 책장을 폈으니 읽으실 거 아닌가요?"
"네. 어쩌다 읽기도 하지만 게임이 더 재미있어서……."
"혹시 스마트 북이라는 거 보셨나요?"
"세상에 그런 책도 있어요? 스마트 폰이 아니고요?"
"그 책은 스마트 폰처럼 작고 내용도 스마트 폰 수준입니다."
"그렇게 작은 책이 있으면 그런대로……."

"그런 대로라시면?"
"스마트 폰 을 가려주고 무겁지만 않으면 좋지요."
"내가 그런 책을 보여드릴까요?"
"지금이요?"

나는 울타리를 꺼내 주면서 말했다.
"이 책이 바로 스마트 북입니다. 한번 읽어보실래요?"
"그냥 주시겠다고요?"
"읽어 주신다면 그냥 드리지요."

아가씨는 울타리를 펴서 스마트 폰에 맞추어 보더니 묘하게 웃었다.

"크기가 딱 맞네요. 이렇게 펴들면 책을 읽는 것처럼 보이겠네요. 작고 귀엽네요."

"이 책은 스마트 폰 때문에 책 읽는 독자가 줄어들어서 독서를 권하자는 독서권장 캠페인을 하려고 만든 책이에요. 게임만 하시지 말고 이 책도 읽고 또 여러 책도 읽으세요. 게임은 시간을 빼앗고 지적으로 남는 것이 없지만 책은 읽어두면 지식이 됩니다."

"알았어요. 이 책이라도 한번 읽어 볼게요."

"고마워요. 어디까지 가시나요?"

"천안 가요."

차가 수원역에 도착했다. 나는 내리면서 잘 가시라고 인사를 했고 아가씨는 울타리를 들고 예쁘게 저으면서 굿바이!

이 아가씨가 보여주는 폼이 머리 좋은 방책일까?

스마트 폰만 보는 것이 남의 눈에 거시기해서 책이라도 들고 몸을 옷으로 가리듯 그렇게 책을 희생시키는 것은 아닐까?

그렇지만 그런 지혜도 나쁘게만 볼 수는 없을 것 같다.

사람들이 모두 스마트 폰에 빠져 있으면서도 마음 한구석에는 책을 멀리하고 있는 자신을 깨닫고 자책하는지도 모른다.

그래서 이런 독서 쇼를 착안하지 않았을까?

옆 사람 40

얌체 뒤통수치기

기차에서는 옆 사람이 딱 한 사람이지만 전철을 타면 옆 사람 앞사람 머리 위사람 사람 장벽이다.

나는 매일 출근할 때는 아침 7시 17분 수원역에서 경로석에 앉아 전철을 타고 출발, 사무실에 도착하면 8시 33분이다.

한 시간 16분을 누군가 옆 사람 옆에서 입석자가 내려다보는 코 밑에서 그렇게 앉아 책을 읽는다.

며칠 전에 내 옆자리에는 50때로 보이는 여인네 둘이 나란히 앉았고 나는 문 쪽에 앉았는데 성균관대역에서 70이 넘어 보이는 불그레한 통치마 아주머니가 커다란 자루를 끌고 들어와 바로 내 앞에 서서 기둥을 잡고 끙끙거렸다.

둘러서 있는 사람들이 물러서고 아주머니 자루가 내 발 끝에 부딪쳤다. 나는 옆에 앉은 젊은 부인 둘 중에 누군가가 일어서며 자리를 양보할 줄 믿었는데 두 분이 꼼짝도 않았다.

나는 한 정거장을 가도록 양보할 부인을 기다리다가 내가 자리를 양보하기로 하고 일어서서 "아주머니 이리 앉으세요." 했다.

아주머니는 기둥을 잡고 선 채 극구 사양했다.

"아녀유. 괜찮어유. 저보다 위로 보이시는데 그러시면 안 되쥬."

"아닙니다. 저는 남자 아닙니까."

"연세가 우찌 되시는디유?"

"겨우 83밖에 안 됩니다. 아주머니는 저보다 좀 아래이신 것 같습니다만."

"한참 아래지유. 그런데 제가 거기 앉을 수 있남유. 서서 가도 괜찮어유."

이런 말을 주고받자 서 있는 사람들이 약간 물러서서 아주머니가 편하게 해드리려고 했다. 이때 내 옆자리 건너 구석자리 부인이 마지못해 일어섰다. 아주머니는 자루를 끌고 그 자리로 들어가 앉아 나를 향해 인사를 했다.

"아저씨 고마워유."

뭣이 고바울까. 고마운 건 자리를 양보한 부인이 들을 소리가 아닌가. 그런데 그 아주머니는 내가 자리를 양보하려고 하기 때문에 젊은 부인이 일어나 자리를 앉게 되어 고맙다고 하는 것 같았다.

아주머니는 가운데 꼼짝 않고 앉은 부인을 건너 나한테 말했다.

"저는 시골서 고구마 농사를 해서 캤지유. 아들이 고구마를 좋아해서 가지고 가는 길인데유. 아저씨도 몇 개 꺼내 드릴까유?"

"아닙니다. 저는 고구마를 싫어합니다."

내가 아주 좋아하는 고구마지만 거짓말을 했다.

나는 전부터 자리 양보를 잘하는 이유가 있다. 나보다 윗사람이 왔을 때 앉아 있으면 마음이 몹시 불편했다. 그래서 자리를 양보하고 서 있으면 다리는 아파도 마음이 편했고 양보 받은 사람이 고마워하는 눈빛을 보내 줄 때 즐거웠기 때문이다.

내가 부인들한테 '자리 양보하세요'하는 말 대신 내가 먼저 양보하는 것도 좋은 방법이 아닐까. 끝내 앉아서 이 소리 저 소리 다 들은 부인은 무슨 생각을 했을까?

옆 사람 41

천사의 눈

9월 21일 무궁화호 부산행 1221열차 1호실 71번 석.

내가 자리에 앉자마자 아주 깔끔하고 고운 30대 여자가 따라와 72번 석에 앉았다.

그녀를 보는 순간 섬광처럼 내 머릿속에 저장된 천사의 눈이 스쳤다. 어디서 본 눈이지? 낯익은 눈이고 얼굴인데? 어디서 본 사람일까? 곰곰이 생각하는 중에 멀리 있는 내 기억의 창고 문이 열렸다.

"아! 그 천사!"

내 기억 속에 충격을 준 사람이었다. 10년도 넘었을 것 같은 지하철에서.

꼬마 할머니와 예쁜 아가씨

2호선 전철에서 아주 예쁜 아가씨를 보았다. 머리를 곱게 뒤로 동그랗게 묶어 올리고 단정히 무릎 위에 핸드백을 올려놓고 책을 읽던 아가씨.

그 아가씨 앞에 키가 140이 채 안 되어 보이고 허리에 분홍 보자기를 띠로 말아 맨 채 통바지에 치렁한 남방 차림의 할머닌지 아줌마인지 다리를 약간 저는 분이 커다란 자루를 질질 끌고 나타나 전철 선반 위의 신문을 내려서 모았다. 팔이 닿지 않아 앞에 사람한테 신문을 좀 내려달라고 했다.

그러나 앞 사람은 무반응. 그 옆 사람도 무반응. 또 무반응…….

책을 읽고 있던 아가씨가 저쪽에서 일어서면서 책과 핸드백을 자리에 놓고 그리 다가가 할머니를 도왔다.

선반 이쪽저쪽을 돌며 신문을 내려 자루에다 다 넣어주고 자기 자리로 돌아가 책을 펴들었다.

모처럼 지하철에서 아름다운 천사를 보았다. 그 아가씨 얼굴이 왜 그리도 더 예뻐 보이던지.

그런데 그 할머니인지 아주머닌지 자루를 질질 끌고 내가 내리는 이대역 한가운데 내렸다. 그리고 엘리베이터까지 가려는 눈치였다.

이대역은 구조가 엘리베이터는 서쪽 끝에 있고 동쪽 끝은 에스컬레이터만 있다. 나는 동쪽으로 걸었다.

한참 걷는데 '거기까지 도와드리면 좋을 텐데…….' 하는 생각이 떠올랐다. 이렇게 생각하면서도 내 방향으로 나오고 말았다.

노인이 자루를 질질 끌고 가는 모습이 뇌리에서 떠나지 않고 내 마음을 후벼 팠다. 내 맘은 헝클어졌다.

"인색한 놈, 인정머리 없는 놈, 말로만 착한 척 지껄이면서 행동은 동쪽으로? 넌 뭐야, 아가씨가 예쁘게 보였던 의미를 알면서, 네가 어떤 놈인지 알아?

나는 그 날 그분을 도와주지 않은 것을 많이 후회했다.

내 옆에 앉은 사람이 바로 내 기억에 입력된 그 여자 같았다. 그래서 내가 물었다.

"혹시 오래 전에 2호선 3가역에서 타고 가다 선반 위에서 신문을 모으는 할머니가 선반 위의 신문을 못 내리고 있을 때 내려주신 일이 있으신가요?"

"네? 그런 일이 한번 있었는데 어떻게 아시지요?"

"바로 맞은편에 앉았던 사람이지요. 저는 그 날 많이 반성했던 기억이 있고 아가씨를 눈여겨보아 눈빛을 기억하지요."

"네?"

"천사의 눈빛이라고 생각했었는데 지금 갑자기 그때 본 얼굴과 눈빛이 떠올랐습니다. 그래서 한번 여쭈어 본 것입니다."

"선생님은 무슨 일을 하시는데 그런 사소한 것까지 기억하시나요?"

나는 〈울타리〉를 내보였다.

"책 좋아하시는 것도 기억합니다. 저는 출판사를 하면서 이런 책을 만들어 보급하고 있습니다. 어디까지 가시나요?"

"대구까지 갑니다."

"가시면서 지루할 때는 이 책도 한번 읽어보시지요."

"좋은 일을 하시네요. 어디까지 가시나요?"

"지금 하차 준비하라는 안내방송이 나오네요. 바로 내려야 합니다."

"인사도 제대로 못 드리겠네요."
"그렇습니다. 먼 길 편히 가시고……."
"선생님 명함이라도 주시면……."
"그 책이 네 명함입니다. 안녕히 가세요."

나는 차에서 내려 돌아오면서 참 인연도 재미있다고 생각했다.
적어도 10년은 넘은 것 같은 세월을 보냈는데 내 기억의 창고에 그녀의 아름다운 마음씨와 눈빛이 남아 있었다.

또 언제 다시 만날지 모르는 시간과 공간 속으로 말로 할 수 없는 미련을 싣고 기차는 무정하게 달려가고 옆 자리 천사와 굿바이!

옆 사람 42

둘 중에 하나만 잡으세요

오늘은 서울역에서부터 옆에 아가씨가 앉았다.
마스크를 해서 함께 있으면서도 상대의 얼굴을 확실히 볼 수가 없어 답답하다.

옆자리 아가씨는 약간 외롭고 슬퍼 보였다.
그래서 나는 곁눈질로 지켜보면서 왜 그렇게 보일까 생각했다.

사람은 모두가 뚜껑 덮인 항아리 같아서
그 속에 어떤 비밀이 들어 있는지 알 수가 없다.
허리가 두리두리한 큰 항아리 같은 사람 속에는 어떤 성품이 들었을까?
기다란 항아리 같은 키다리 속에는 무엇으로 채워졌을까?
작고 예쁜 단지 같은 여자는 또 어떤 성품이 가득할까?

사람 속은 누구나 알 수 없는 뚜껑 덮인 항아리 같다.
엄숙한 사람도 말을 걸어보면 너그러운 사람이 있고
상냥할 것 같은 사람도 입을 열면 거친 독설이 나오기도 한다.
그러나 대개는 얼굴 모양대로
그 사람의 인격이 속에 들어 있다.

어떤 사람을 만나면 노래가 하고 싶고
어떤 사람은 만나면 철학을 하게 하고
어떤 사람은 소설을 쓰게 만들고
어떤 사람은 시를 쓰게 만든다.

그러고 보면 인간은 문학 작품의
소재가 되어 돌아다니는 것이다.
나는 남들에게 무엇으로 보일까?

황소? 곰? 호랑이? 늑대? 토끼? 양?
아니면 안개꽃? 찔레꽃? 장미? 벚꽃? 진달래? 백합……?
아무튼 나는 이 중에 무엇이든 닮았어도 닮았을 것이다.

옆에 아가씨가 나를 이렇게 복잡한 생각을 하게 만들었다.
그렇다고 말을 해 본 것도 아니고 누구인지도 모른다.
기차는 줄기차게 달리고 전철 정거장 몇 개를 건너뛰고 달려
수원이 가까워졌다.

낯선 옆 사람한테 말을 걸기란 지극히 조심스럽다.
그래서 오늘은 그냥 갈까 하다가 그 아가씨가 어떤 사람인지 궁금하여 말을 건네고 말았다.
"아가씨 독서 좋아하시나요?"
"네?"
"책 읽기 좋아하시느냐고요."

"있으면 읽고 없으면 이거 보지요."
그러면서 스마트 폰에 눈길을 보냈다.
나는 무례하게 그녀의 눈길을 잡아끌었다.

〈장미울타리〉 3호와 〈단풍울타리〉 4호를 내밀면서 물었다.
"이런 책 보셨나요?"
"아니요. 그런 책도 있네요."
"이 책을 드리고 싶어요. 둘 중에 어떤 걸 드릴까요?"
"그냥 거저요?"

"네. 하나만 잡으세요."
"둘 다 주시면 안 되나요?"
"안 돼요. 하나만 잡으세요."
아가씨는 그제야 약간 밝은 얼굴로 장미울타리를 잡았다. 그리고 말했다.
"저는 수원 병원에 문병 가는 중이에요. 병원에 가서 읽어 볼게요."

"고마워요. 이 책은 스마트 폰에 빠져서 책을 안 보는
사람들을 위해 만든 스마트 북입니다.
다 읽어보신 후에 친한 사람한테 사인을 해서 선물로 주세요.
책 첫 장에 누가 누구한테 준다는 사인하는 페이지가 있어요."

그 사이에 차는 수원에 도착,
아가씨는 앞문 쪽으로 가고 나는 뒷문 쪽으로 내렸다.

돌아오며 생각했다.
사람은 어떤 인상의 사람을 만나느냐에 따라 내 의식이 바뀐다.
부부가 만나 평생 살면서 남편은 아내를,
아내는 남편에게서 어떤 의식을 가지고 살까?

소크라테스가 악처도 견디고 살았듯
모든 부부가 그렇게 살고 있는 것일까?
잠깐 만났다 헤어지는 사람한테 느끼는 의식이 이런데
늘 만나는 사람들한테 나는 무엇으로 보일까?

옆 사람 43

판도라상자 같은 사람

전에도 말했지만
사람 속은 정말 알 수 없는 뚜껑 덮인 항아리 같다.

아침 7시 17분 수원 전철역 4-1번 승차 위치에서
수개월 전부터 만나는 노신사가 있었다.

그는 허리가 구부정하고 머리를 꺾어 숙인 자세였다.
아무리 보아도 선한 노신사 같았는데 특히 우리 협회 수필로 등단한 안양대학교 한명희 교수와 똑같이 생겼다.

처음 보았을 때 나는 "아아니, 한 교수님이 아니십니까?"하고
실례를 할 뻔했다.

오다가다 보면 세상에는 닮은 사람이 많다.
꼭 한 교수 같은데 살펴보니 아니었다.
그분은 무엇을 하기에 아침마다 나처럼 출근을 할까?
궁금해지기 시작했다.

봄이 가고 여름이 가고 가을이 왔다.

나는 이상하게 호기심이 많아 궁금한 것은 못 참는다.
그래서 며칠 전에 인사를 했다.
"날마다 뵈면서 인사를 못했습니다. 저는 마포 아현동까지 출근하는 사람입니다."
"예, 저도 실은 뉘신지 인사를 하고 싶어도 못했습니다."
"그러셨군요. 인사나 하고 지냅시다. 직장이 서울이신가 보지요?"
"예, 한남동에 14개동 아파트가 있는데 관리소장을 하고 있습니다."

이렇게 인사를 나눈 뒤 날마다 아침이면
우리는 친구처럼 악수를 하고 반갑게 인사를 하는 사이가 되었다.
그분은 급행으로 서울역까지 가고
나는 서울역에서 우리 사무실까지 가는 길이
매우 복잡하고 시간이 많이 걸려서 신도림역에서
갈아타기 때문에 차는 같이 타지 못한다.

그러다가 3일 전에 그분이 무슨 노트를 들고 있기에
나는 참지 못하고 물었다.
"들고 계신 것은 책인가요 아닌가요?"

그러자 그분이 내 앞에 그것을 내밀면서 말했다.
"아무것도 아닙니다. 제가 심심할 때 낙서하는 낙서장입니다."

낙서장이라고 하는 그 두툼한 메모장에는
'나의 人生錄'이라고 굵직하게 씌어 있고

아래는 20이라는 숫자가 있고 밑에는
박수림(朴秀林)이라고 자기 이름을 써 놓았다.

순간 나는 항아리 뚜껑을 열어 보는 기분이었다.
"거기 무슨 글이 있는지 보아도 될까요?"
"부끄러운 것이지만 보시지요.
이것이 20번째 쓰고 있는 저의 인생록입니다."

나는 들고 있던 〈울타리〉를 내밀면서 말했다.
"이 책은 제가 만든 책입니다. 한번 읽어보시지요.
그리고 가지고 계신 인생록을 하루만 빌려주시지요."

"고맙습니다. 부끄럽지만 빌려드리겠습니다."
그렇게 하여 나는 직업의식이 발동하여 20번째 썼다는 메모장을
출판물이 될 만한가 하는 호기심을 가지고 읽었다.

그 내용을 다 쓰기는 그렇고
다음 주 토요일에 몇 구절 옮겨야겠다.

사람은 모두 뚜껑 덮인 항아리 같아
열어보면 누구에게서든 신기한 것이 쏟아져 나온다.
판도라의 상자만 신기한 것이 아니다.
우리 모두가 판도라상자보다 신기한 비밀을 가지고
덮인 뚜껑 속에 숨어 사는 것이다.

옆 사람 44

그 딸에 그 엄마

바로 어제 5시 31분 서울역 내 옆자리에 보기 드문 미인이 와서 앉았다.

늘씬하고 큰 키에 눈이 매력적인 아가씨였다.

'오! 이렇게 예쁜 아가씨가 다 있네?'
하고 생각하는데 그 아가씨 잠깐 앉았다가 일어섰다.
그 순간 나는,
'내가 할배라 실망해서 같이 앉는 게 싫어서 그러는 것 아닌가?'
하고 생각했다.

그런데 이 아가씨, 뒷자리로 가더니 어떤 분하고 속닥거렸다.
나는 섭섭한 기분이 들어서 생각했다.
'너도 나만큼 늙어 봐라. 네 옆에 젊은 청년이 웃으며 앉을까?
내가 너무 늙어서 미안하다.'

그런데 이 아가씨 다시 옆자리로 돌아와서 앉지도 않고 주춤거렸다.
'이상한 아가씨야, 앉든지 서든지 할 것이지 왜 이래?'
하고 생각할 때 아가씨가 허리를 납작 꺾고 말을 건넸다.

"죄송한 말씀 드리고 싶은데요. 좀 도와주실래요?"
"무슨 말씀인가요?"
"저희는 대구까지 가는데요, 우리 엄마 표하고 제 표가 갈렸어요.
지금 계신 자리와 같은 뒤의 뒷좌석이 엄마 자리인데요.
혹시 자리 좀 바꾸어 주실 수 있나요?"

나는 선뜻 대답했다.
"그러세요? 그러시면 바꾸어드려야지요."
그러면서 내가 일어서서 그리로 가자 아가씨 엄마가
허리를 숙이고 고맙다는 인사를 했다.

그 딸에 그 엄마였다.
키는 딸보다 작지만 얼굴은 엄마가 더 복스럽고 예뻤다.
그렇게 하여 자리를 바꾸어 앉았고 잠시 후
아가씨가 내 앞으로 와 두 손을 내밀었다.

"고마워요 선생님. 감사 표시로 이거라도 드리려고요."
나는 무엇인지도 모르면서 눈인사를 하고 받아 들었다.
아주 정성들여 포장한 과자인지 빵인지 알 수 없는 빵과자였다.
정4각형으로 사방 4센티 정도에 두께가 1센티쯤 되는 연갈색이었다.

잠깐이나마 할배가 싫어서 그러는 줄 오해했었는데
그게 아니라 다행이라 생각했다.
자리를 양보해 주고 기분이 좋았는데

감사의 선물까지 받았으므로 나도 답례하고 싶어서
〈단풍울타리〉를 들고 다가가서 내밀었다.

"과자 값으로 이거라도 가져왔습니다. 받으시지요."
아가씨가 울타리를 받아들었다.
그러고 모녀가 울타리를 서로 만져보며 말했다.
"책이 작으면서 예쁘게 생겼네요. 핸드백에 넣고 다녀도 좋겠어요. 감사합니다."

나는 겸손히 말했다.
"그렇습니다. 책은 작지만 내용은 큰 책 못지않습니다.
언제든지 짬날 때 읽으시면 좋을 것입니다."

내가 자리로 돌아와 앉았을 때
몇 군데 잠깐 읽어본 아가씨가 짧게 찬사를 했다.
"아주 유익한 내용이 들었어요. 두고두고 잘 읽겠습니다."
"감사합니다."

잠깐 사이에 차는 수원역에 도착했다.
나는 두 사람한테 인사도 못하고 뒷문 쪽으로 내렸다.
만약 내가 고집을 부리고 자리 양보를 해 주지 않았다면
모녀는 장거리를 떨어져 앉은 채 갔을 것이 아닌가.

그러면 얼마나 지루한 여행이 되겠는가.

나는 지극히 작은 양보를 했지만
두 분에게 큰 즐거움이 되어 준 것 같아 기뻤다.
'잘했어 잘했다.'하고 내가 나한테 칭찬하며 집으로 와
그 과자빵을 아내한테 선물했다.

"사랑의 선물 받으시오."
아내가 웃으며 받아들고 말했다.
"평생에 처음 받는 선물이라 고마워요. 무슨 선물인지 예쁘고 고급스럽네요."
"이 빵은 내가 주는 것이 아니라.
옆자리 아가씨가 준 거라오.
내가 먹기엔 아까워서 가져왔으니 그리 아시오."

그러고 차에서 자리 양보한 이야기를 들려주었다.
아내가 잘했다고 하면서 포장을 벗기고 하나를 쪼개 들고 말했다.

"예쁜 분이 준 빵이라더니 속도 예쁘네요. 안에 치즈와 꿀과 또 뭐가 들었는데 이런 고급 빵은 처음 봐요."
그러면서 반쪽을 주어 나도 속을 들여다보았다.
정성들여 만든 과자빵이었다.
먹어보았다. 보드랍고 달콤한 꿀맛이었다.
인간의 정이란 것이 별것 아니라는 걸 느꼈다.
지극히 작은 것 하나를 양보하면 그것이 정이 되고 기쁨이 되어 내게 돌아온다는 평범한 진리를 터득한 날이다.

옆 사람 45

두 번 만난 양보

11월 1,2일 양일간의 스토리.

첫날---

신도림역은 언제나 승객이 붐비는 매우 복잡한 환승장이다.

늘 그렇듯 오늘도 4-1번 승차대에 올라 승객들에 밀리어 경로석 쪽으로 갔다.

경로석에 젊은 층 애늙은이 셋이 꼭 박혀 앉았는데 가운데 사람이 더 늙어 보였다.

그런데 내가 들어서자 가운데 사람이 벌떡 일어서며 자리를 내주는 것이었다. 나도 늙었지만 그도 65세는 넘어 보이는 사람이라 사양했다.

그렇지만 그가 굳이 양보하므로 자리에 앉으며 가방에서 울타리를 꺼내주며

"귀한 자리를 내주시어 고맙습니다. 이것이라도 감사인사를 드립니다." 했다.

처음에는 사양하다가 받아들고 3호 칸과 4호칸 통로로 가서 쪼그리고 앉아 울타리를 읽고 있었다.

나는 아현역에 내리면서 사람이 많아 그 사람한테 인사도 못하고 하차

하여 사무실로 갔고

마음으로만 감사하였다.

둘째 날-----

어제처럼 신도림역 4-1번 승차대에서 사람들에 밀려 경로석으로 갔는데 어제 그 사람이 오늘도 나를 보고 자리에서 벌떡 일어섰다.

그렇지 않아도 어제 인사를 못해 미안해하던 터였는데

또 자리를 양보하려고 해서 안 된다고 했다.

그러나 그 사람은 고집스럽게 자리를 내주는 것이었다.

그래서 단풍울타리를 내밀었더니 손사래를 쳤다.

“아닙니다. 어제 주신 책 재미있게 다 일었습니다. 안 주셔도 됩니다.”

“이 책은 그 책이 아니라 단풍울타리입니다. 장미울타리를 다 읽으셨다니 이것마저 읽어 보세요.”

그랬더니

“그러시면 받겠습니다. 고맙습니다.”

책을 받아 든 그 사람은 역시 3,4호 칸 통로로 가서 쭈그리고 앉아 읽었다.

그 모습을 보니 안타까운 생각이 들어서 내가 말했다.

“선생, 이리 와 내 자리에 앉아서 읽으세요.”

했더니 굳이 그대로 있겠다는 거다.

그러자 옆자리에 좀 젊어 보이는 애늙은이가 일어서서 자리를 비워주었다.

내가 그 사람을 불러 옆에 앉혔다. 그리고 물었다.
"왜 서서 보지 않고 그렇게 앉아서 책을 보시나요?"
그 사람 대답은 매우 유순했다.
"제가 며칠 전에 척추수술을 받았습니다. 그래서 서 있지는 못합니다. 아무데서나 쭈그리고 앉아야 편합니다."

그 말에 나는 충격을 받았다.
"그러시면서 이틀씩이나 자리를 양보하셨습니까?"
"어르신님을 서 계시게 할 수는 없지 않습니까."
"고맙기는 한데 자기 생각을 먼저 하셔야지요. 어디까지 가시나요?"

"시청까지 갑니다. 저의 회사가 거기 있습니다. 좋은 책을 주셔서 아주 잘 읽었습니다. 이 책 다 읽고 돌려드리겠습니다."
"감사합니다. 다음에 만날 때는 자리 양보하지 마세요. 저는 여기서 내립니다."
그렇게 하고 차에서 내려 사무실로 가면서 생각했다.

나는 내 모습을 젊게 보이기 위해 배를 내밀고
허리도 펴고 모자도 눌러 쓰고 마스크로 얼굴을 가리고
씩씩하게 걸으며 이렇게 하면 늙은이같이 보이지 않겠지 하고
활보를 했는데…….

그런데 어디에 늙은 레테르가 붙어서
사람들이 금방 내 정체를 알아채고

자리 양보를 하는지
나의 속임수는 숨길 수가 없다.

허허, 아무리 가면을 하고 숨바꼭질을 해도
달라붙은 세월의 때는 벗지 못하는 법이 아닌가.
세월아,
나 좀 잡지 말고
젊은 척이라라도
맘껏 하게 버려다오.

옆 사람 46

기분 좋은 아가씨 기분 나쁜 여자

무궁화호 1호칸 61번석 옆자리에 아주 반가운 아가씨가 와서 앉았다.

동그란 금테안경, 맑고 예쁜 눈, 동그란 이마와 뒤로 질끈 묶은 머리, 틀림없이 아는 얼굴이었다. 반가워서 인사를 하려다가 뜸을 들이고 아가씨를 살펴보았다.

나는 반가운데 아가씨는 나를 아는 체를 안 했다.

아무래도 내가 먼저 인사를 해야겠다고 생각하고 입을 열었다.

"아가씨 반가워요."

아가씨가 겸손히 인사를 받았다.

"네."

"이렇게 또 만났네요."

"네?"

"벌써 잊으셨나요?"

"뭘……?"

"전에 옆에 앉았었잖아요. 수원까지 가시지요?"

"네."

"영통 사시지요?"

"네."

"직장은 여의도시지요?"
"네. 맞아요."
"지하철 내리면 우측 광장 끝에서 내려가는 엘리베이터를 타시지요?"
"네. 어떻게 그것까지 아세요?"
모든 것이 그 아가씨하고 다 맞는데!
나를 처음 본다는 눈빛이라니. 그래서 확인을 더 하기 위해 울타리를 내밀어 보였다.

"전에 이런 책 받으셨지요?"
"그런 책 받은 적이 없는데요."
그럼 이 아가씨가 다른 사람인가? 다 맞는데
내가 준 울타리를 안 받았다고 하니
이상하지 않은가. 아무래도 이름까지 알아보고 싶었다.

"이름이 채진희씨 아닌가요?"
"아닌데요. 제 이름은 허우인데요."
"허우? 닉네임이시지요?"
"아니에요. 제 이름 맞아요."

나는 허우 허우 하면서 바보처럼 웃었다.
"왜 웃으세요? "
"요새 제가 쓰는 장편소설 주인공 이름이 허당인데 허우라고 하시니 재미있는 생각이 들어서요."

"허당은 이름이 아니잖아요?"

"주인공 이름이에요. 그리고 그 딸 이름이 허우거든요."

"네? 농담하시는 거지요?"

"진짜예요. 보실래요?"

그러면서 스마트 폰을 꺼내어 28명 회원이 있는 카톡방에 올리고 있는 〈하필 허당에 빠진 국자〉라는 익살스럽고 따듯한 소재의 명랑소설을 쓰고 있어서 그 대목을 열어 보여주었다. 그리고 물었다.

"미안하지만 허우는 한자로 어떻게 되나요?"

"허자는 아시지요? 우는 기쁠 우자예요."

기쁠 우? 순간 내가 아는 만날우, 도울우, 어리석을우, 집우, 비우, 친구우, 빼어날 우를 생각했지만 기쁠 우는 생각이 안 났다.

기쁠 우자가 어떻게 생겼지요? 했더니 스마트 폰 을 열고 손가락으로 글씨를 써 보였다. 이렇게 '㥯'(오늘 컴에서 찾아보니 우자 나열 중 가장 끝에 있었다. 어려운 한자 하나 배움)

또 나는 스마트 폰에 글씨를 손가락으로 쓰는 법을 몰랐는데 그것까지 물어보고 싶었지만 참았다.

아가씨는 재미있다는 듯 웃으며 〈울타리〉를 들어 보이며 말했다.

"책 이름이 정답고 아담한 것이 따듯한 느낌을 주네요."

"그래요? 고마워요. 읽어보세요. 시간 손해는 안 볼 겁니다."

아가씨는 주르르 대략 훑어보더니 말했다.

"흥미 있는 내용들 같아요. 특히 책 끝에 사자성어, 틀리기 쉬운 한자, 외래어 등은 유익해요. 두고두고 배워야겠어요. 감사합니다."

차는 잠깐 사이에 수원역에 도착. 그 아가씨는 웃으며 영통행 지하 엘리베이터를 타고 내려가고 나는 버스로 돌아오면서 생각했다.

울타리 1호를 만들어 첫 번째로 한 여 목사한테 보여주며 칭찬을 듣고 싶었는데 그는 책장을 후르르 넘기더니 독설을 퍼부었다.

"누가 이런 책을 읽어요, 본문을 촌스럽게 올 칼라로 하고, 책장마다 늙은이 냄새가 나요. 젊은 사람은 하나도 없고 늙은이들 글뿐이잖아요. 제목 글씨도 아무 책에서나 쓰는 흔한 글자 체, 뭐 하나도 맘에 드는 게 없어요."

그러면서 울타리 창간호를 책상에다 픽 밀어제쳤다.

한 마디 수고했다는 말도 아닌 반응에
나는 기분이 매우 나빴다.
그렇지만 입으로는 좋은 충고해 주어서 고맙다,
참고하겠다 하고 헤어졌다.

그래서 불쾌한 기분으로 차를 탔는데 그날 옆자리에 동석한 초면의 아가씨가 채진희 씨였고 그녀가 울타리를 보면서 칭찬하여 내 기분을 완전히 바꾸어 주었다. 칭찬만큼 용기를 주는 약은 없다.

수원으로 이사한 지 얼마 안 되어 길이 낯선 나한테 그녀가 수원역 구조와 차타는 길을 안내해 주어 얼마나 고마웠던지 지금도 잊지 못하고 있다.

그런 터에 똑같이 생긴 아가씨를 만나 헛소리를 해댔다.

완전히 우연의 일치의 착각이었다.

채진희 아가씨는 나한테 자기가 쓰던 볼펜까지 주었다. 그 채 낭자는 언제나 다시 만날 수 있을까?

옆 사람 47

경로석에 앉은 죄

수원으로 이사 와서 날마다 퇴근길은 무궁화 열차를 탔다.

그러면서 1년 동안 궁금한 것이 전철 급행을 타면 얼마나 빠르고 좋을까였다.

게다가 무궁화호는 1900원을 주고 타는데 전철은 공짜다.

그래서만은 아니지만 급행을 타 보고 싶은 호기심은 털어버릴 수가 없었다.

마침 천안행 급행 전철이 왔을 때 시청 앞에서 서울역까지 1정거장 가는 동안

'이번 역에서 자리가 나면 이 차를 한번 타 보리라'

했는데 마침 경로석에 빈자리가 났다.

일단 무궁화 열차 예약차표를 반납했다.

서울역에는 내리는 사람보다 타는 사람이 더 많이 밀려들었다.

그리고 용산, 영등포, 구로역에서도 내리는 사람보다 타는 사람이 많았다.

마침내 차는 미어터지게 승객들로 입추의 여지없이 꽉 찼다.

사람속의 사람은 마치 깊은 산중에 들어온 기분이었는데…….

경로석 좌석 코너가 문제였다.

노인들이 모두 그리로 몰려들어 백발 천국을 이루었다.

내 자리는 문 앞인데 가운데 옆자리에는 70대로 보이는 고습도치 머리의 애늙은이가 앉았고 그 옆에는 머리를 틀어박은 인물이 머리가 까만데 얼굴을 들지 않아 나이를 짐작할 수 없었다.

그리고 바로 앞에 80은 되어 보이는 배불뚝이 영감, 그 곁에는 80이 다 되어가는 백발 할머니, 그 뒤 벽에는 허리가 굽은 영감이 기대서서 좌석을 내려다보고 있고 그들 등 뒤로도 백발노인들이 두 겹으로 서서 어우 소리를 치며 흔들거리고…….

머리 위에서 백발들이 내려다보면서 자리 나기를 기다리는 상황 속에 납작 쭈그리고 앉은 나는 마음이 몹시 괴로웠다. 차라리 내가 일어서고 한 노인을 앉히고 싶었다.

누구한테 자리를 양보할까?

내가 자리를 양보한다면 허리가 가느다란 저쪽 할머니한테 내주고 싶은데 내가 일어서면 바로 앞에 80쯤 보이는 뚱뚱이 영감이 앉을 것이다. 그러면?

이렇게 고심하고 있는데 옆의 젊은 고슴도치는 스마트 폰으로 게임을 하며 시시덕거리고 있었다.

차가 안양역쯤에 섰을 때 바로 내 발 앞에 70대 젊은 할머니가 커다란 자루를 밀고 들어오더니 큰 가방을 자루 위에 올려놓고 섰다. 그 자루가 내 발등에 얹혀 뺄 수도 없이 찍어 눌렀다. 그 할머니는 이마에 땀을 닦고 끙끙거렸다.

스마트 폰 으로 안양서 수원까지 출발-도착 시간을 확인해 보았다. 30분이 걸린단다.

내가 자리 양보를 하면 30분 동안 미어터지는 승객 틈으로 들어가 시달려야 한다.

경로석 코너를 둘러봐도 나보다 나이가 많은 사람은 안 보였다. 모두가 70대 노인들이다.

승객으로 빽빽한 자리는 사람들이 너무 많이 타서 안내 방송 소리도 안 들리고 영상 안내판도 보이지 않았다. 짐짝처럼 앞뒤로 끼어 서 있는 사람들이 모두 안타깝게 보였다. 그들한테 내 자리를 내주고 싶은 심정이었으나 그것은 마음뿐, 앞에 옆에 끼어 있는 사람 사이가 지옥 같았다.

아무 말도 못한 채 발등을 할머니 자루가 눌러도 뺄 수도 없었다. 자루 할머니는 가방에 턱을 괴고 자는 듯 눈을 감고 있었다. 몸부림을 치고 싶도록 답답하지만 몸부림도 칠 수 없는데 차가 전진할수록 손님이 줄지는 않고 점점 더 늘어났다.

희한하게도 정거장마다 사람이 타고 밀리는가 싶었는데 나도 모르게 앞에 영감이 다른 할배로 바뀌고, 백발 할매가 섰던 자리에 영감이 바뀌었다. 진땀나게 힘들고 정신없는 퇴근길이었다.

무궁화 열차로 가면 30분 거리가 급행 전철은 1시간 7분이 걸려서야 수원역에 내렸다.

수원역에서도 타는 사람보다 승객이 더 많았다. 전철은 그렇게 긴 꼬리를 끌고 남으로 내리달렸다.

나는 집으로 오면서 다시는 호기심에 끌려 엉뚱한 짓은 하지 말리라 다짐했다.

우리는 모두 지구라는 우주 전철을 탄 인생 아닌가.

경로석에 앉아 하차역도 모르는 채 실려 가는 승객이다.

죽어서 가는 인생 열차엔 나이도 건강도 가리지 않고 아무데서나 내려 주면 거기가 종착역이다.

누가 내린다고 빈자리에 앉을 사람도 동행하는 이도 없는 인생 고별석을 우리는 타고 간다.

옆 사람 48

거룩한 수녀와 목발 여목사

운송업체 반란으로 많은 사람들이 어려움을 겪었다.

무궁화 열차도 지하철도 운행시간이 11월 28일부터 12월 2일까지 엉망이었다.

28일 서울역에서 떠나는 17시 30분 발 무궁화호를 17시 20분부터 기다리는데 18시 40분에야 차가 왔다.

서울역 대합실에서 승차장 번호를 기다리는 사람이 바글거렸다. 나도 그 가운데 서서 1시간이 넘도록 기다렸다. 다리가 아프고 짜증이 나고 괴로웠다. 한 시간이 넘게 지연된 차를 타고 돌아온 뒤, 그 다음 날부터는 당분간 무궁화 아닌 전철을 타기로 했다.

출근길 수원역에서 전철을 타고 경로석에 앉았다. 바로 옆자리에 75세쯤 보이는 수녀가 거룩한 모습으로 스마트 폰을 들여다보고 있었다. 나는 책을 꺼내어 읽으며 수녀까지도 저렇게 스마트 폰에 빠져 있으니 독서인구가 줄어들 수밖에 없지 하고 생각하는데 수녀는 스마트 폰을 가방에 넣고 멍하니 앉아 있기에 내가 〈장미울타리〉를 꺼내 들고 말을 건넸다.

"이 책은 스마트 북입니다. 지루할 때 보라고 만든 책입니다. 한번 보시지요."
그러면서 울타리를 내밀었다. 수녀는 고개도 까딱 않고 정면을 바라본 채 손가락만 까딱까딱 가로 저었다.
싫다고 거부하는 보디랭귀지.
그 순간 수녀는 교만하고 엄숙한 늙은 바위처럼 보였다. 나는 공연한 실수를 했구나 하고 울타리를 도로 가방에 넣고 말없이 서울까지 왔다.
수녀와 나는 싸운 사람들처럼 그렇게 왔고 수녀는 뒤룩거리며 구로역에서 내렸다. 그리고 그 날 퇴근 시간.
예매한 기차표를 반환하고 천안행 전철에 올랐다. 마침 자리가 나서 영등포역까지 편히 앉아서 왔다. 차가 멈추고 승객들이 우르르 몰려들었다. 그 가운데 75세쯤 보이는 부인이 목발을 짚고 올라왔다.

부인은 경로석 구석 벽에 기대서서 앉아 있는 사람을 내려다보았다. 나는 그 부인의 눈길을 의식하고 자리를 양보해야겠다고 생각하며 '앞으로 한 시간을 사람들 틈에 끼어갈 생각'을 하니 선뜻 일어서지지가 않았다.

옆에 두 사람도 거의가 75세 정도의 할배들이었다. 아무래도 내가 일어서야지 목발 환자를 앉아서 바라볼 수만은 없지 하고 자리를 뜨려는데 옆 사람이 다음 정거장에서 내렸다.

가운데 자리가 났다. 다행이라고 생각하며 내가 부인한테 앉으세요 했더니 부인이 맑고 정정한 목소리로 다른 사람을 불렀다.
"이리 오세요. 여기 자리 났어요."

그러자 저쪽에서 그 또래의 영감이 와서 앉았다.

나는 더 이상 앉아 있을 수가 없어서 자리에서 일어서며 부인한테 이리 앉으세요 했다. 그랬더니 부인이 자기는 서서 가도 되니 저보다 위로 보이시는 분이 앉아야 한다며 사양했다.

그리고 내 앞으로 목발을 짚고 다가와 물었다.

"장로님이시죠?"

나는 소리 내어 대답할 용기가 나지 않아 그렇다는 표시로 고개 인사를 했다.

"그러실 것 같았어요. 혹시 벤허를 보셨나요?"

"네."

"쿼바디스도 보셨지요?"

"예."

"앞으로 계시록을 드라마로 만든다는데 아세요?"

"모르고 있습니다."

"혹시 보시지 않으실래요?"

나는 대답하기가 곤란했다. 누구신데 이 아줌마가 이러실까? 목발까지 짚고 어디를 가신다는 건가?

이렇게 주저하는데 부인이 나직한 소리로 말했다.

"저는 목사예요. 목발을 짚었지만 금년에 80입니다. 그래도 저는 차에서 자리가 나면 어른들을 먼저 앉히십니다."

이때 내가 〈울타리〉를 내밀며 말했다.

"고맙습니다. 목사님께 이거나 드릴게요."

목사님은 몇 번씩 감사의 인사를 하고 받으며 말했다.
"요새 책 보는 사람 찾아보기가 힘들어요. 이 책은 가지고 다니며 읽기에 좋을 것 같아요. 꼭 다 읽어 볼게요. 장로님 연락처는?"

"그 책 판권에 제 명함이 있습니다. 보시고 더 필요하시면 연락 주세요. 목사님 교단은 어디신가요?"
"백석이에요."
"장종현 목사님의 백석입니까?"
"네. 장종현 목사님 좋으신 분이지요. 그럼 안녕히."
성도 이름도 모르고 소속 교단만 알고 헤어졌다.
나는 수원까지 오는 차에서 이런 생각을 했다.
하나님의 여종 두 사람을 만났다.

출근길에는 수녀를,
퇴근길에는 여목사를,
나는 두 분의 상이점을 보았다. 거룩하고 오만한 수녀와 겸손한 늙은 여목사! 수녀가 아무리 책이 싫어도 상대방을 보고 미소라도 지으며 손을 가로 저었다면 얼마나 거룩하고 예쁘게 보였을까. 그런데 손가락만 까딱까딱!
늙은 할매 목사가 자기는 목발을 짚고 서서 자기보다도 나이가 아래로 보이는 할배한테 자리 양보를 하는 모습, 얼마나 곱고 아름답게 보였던지.
이 종들 중에 하나님은 누구를 더 잘했다 하실까?
사람 눈에 보이는 대로 하나님도 그렇게 보시겠지?

옆 사람 49

내가 몸과 맺은 규약

출근시간에 같은 시간 같은 승차 위치에서 차를 타느라 날마다 만나다 얼굴이 익어서 피차 누군지도 모르면서 눈인사를 나눈다.

서울 지하철에서는 그렇지 않은데 수원역에서 서울로 가는 사람들은 타는 자리가 정해 있다. 그 이유는 내리는 자리에서 환승을 하자면 편리한 자리가 있기 때문이다.

한 정거장 가면 거기서 타는 부인은 보험회사 직원, 두 정거장 가면 사당동 감리교회 권사, 세 정거장 가면 또 보험회사 사원, 낯이 익다 보면 나는 〈울타리〉를 주면서 상대가 누군지 알게 되었다.

울타리가 매체가 되어 인사하고 말을 나누게 되어 전철 안에서 낯익힌 사람들이 적지 않다. 그 사람들은 또 만나면 울타리 읽은 소감을 한 마디씩 한다.

모두가 참 좋은 책이라고 하지만 인사로 하겠지 하고 넌지시 어떤 글이 좋았느냐고 물으면 다들 나름대로 대답한다. 나는 그분들이 정말 읽었다는 말에 감격한다.

전철 수원역에서 알게 된 내 동갑내기 박수림 씨와 대화를 나누었는데 그분은 이태원 아파트 관리소장이라고 했다. 나한테는 개인 사업을 하신다면서 자유로울 텐데 왜 새벽같이 출근을 하느냐고 물었다.

그래서 이렇게 대답했다.

“나는 29세부터 시작하여 84세까지 출판만 하며 크게 성공은 못했지만 나 자신에 대한 관리만은 성공했다고 생각합니다. 우리 출판사에서 아무도 내 위에서 잔소리할 사람이 없지만 정확하게 8시 35분에 사무실에 도착하고 16시 50분에 퇴근을 합니다. 그것이 나와 내가 맺은 취업 규약입니다. 그래서 나는 결근도 없지만 지각도 절대 용납하지 않습니다.”

그랬더니 그분이 자기 말을 했다.

“저는 여러 직업을 가지고 별 경험을 다 하고 살다가 지금은 인생 마지막 직업으로 아파트 경비원이 되었습니다. 인생을 어떻게 사는 것이 바른 삶인지 생각하며 여기저기서 명언을 모아 인생록을 정리하는 낙으로 삽니다.”

그러면서 「박수림 인생록」 20번째 수록집 한 페이지를 보여주기에 그것을 스마트 폰으로 촬영했다. 인생 80을 넘게 살며 그가 맘에 새긴 1,800마디 인생록 중 몇 개라는 명구는 이렇다.

朴秀松 修養錄 / 20

패배한 승리자

분노와 미움을 가지고는 싸우면서 이긴다 해도 이긴 것이 아니다. 그

것은 죽은 사람을 상대로 싸워 살인한 것과 같다.
진정한 승리자는 자기 자신의 분노와 마음을 이겨낸 사람이다.

최고의 미용법

자신을 예쁘게 만드는 사람은 세월이 가면서 추해지지만 남을 예쁘게 보는 눈을 만드는 사람은 세월이 갈수록 보석처럼 빛난다.

인생

인생이란 나의 것이라 하지만 숨 쉬는 것조차 하나도 내 것이라고 마음대로 할 수 있는 것이 없다. 보이는 대로 모아두면 욕심이 생기는 것. 올 때도 그러 했지만 갈 때도 가진 것 모두 탈탈 털고 빈손으로 가는 것이 인생이다.

최고 지도자

2천년 동안 인류 최고의 지도자이신 예수님이 계신데 뭘 다시 업그레이드할 필요가 있는가. 나를 따르라 하신 예수님의 발자국만 따라가면 될 일인 것을.

박수림 씨는 감리고 권사라고 했다. 날마다 의왕역에서 타고 만나는 승객 한광희 씨도 사당동 감리교회 권사라고 했다. 그분도 자기가 교회에서 대표 기도한 기도문을 46배판으로 400쪽이 넘는 팸플릿 책자로 만들었다며 나한테 주어 사무실에 두고 본다.

인생을 어떻게 살 것이며 사람이란 무엇인가?

나는 전철 인파 속에 묻혀 가면서 이런 생각을 했다.

해답은 김수림 씨의 '최고지도자'란 인생록대로 살면 되는 것이 아닌가 하는 생각하면서 나 나름의 말을 나한테 했다.

'전철에 가득히 탄 사람들 까놓고 말해 다 별것 아니다.

내 몸이 나라고 생각하는 건 오해다. 내 몸은 내가 아니다. 내가 부리는 도구이고 종일뿐이다. 육신이 낡아 골골하고 내 맘대로 부려먹기 불편하면 나는 몸을 버리고 떠난다. 운전사가 고물 차를 버리고 떠나듯.

내가 떠나고 나면 남은 껍데기는 무생물이다. 사람들은 아는 사람이면 좋게 시체라고 존대하지만 모르는 사람 껍데기는 송장이라고 천대한다.

실은 그 껍데기도 아는 사람들한테는 시체라는 대우를 받아야 할 존재다. 아무리 그래도 내가 버린 시체는 절대 내가 될 수 없다.

거기 내가 안 들어 있고 나는 하늘 영의 세계로 돌아감으로써 세상 구경을 마치기 때문이다.

옆 사람 50

예쁜 여자한테 홀려서 그만

수원 고색역 버스 정류장에서 승차한 아담하고 젊은 부인이 내 옆자리에 앉았다. 곱고 인상이 좋았다.

꽃네(내가 혼자 정한 그녀) 내 옆에 앉자마자 가방에서 명함을 꺼내어 주며 인사를 했다.

"반갑습니다. 저는 이런 일을 하고 있어요."

명함에는 **생명보험 수석팀장 정**라고 되어 있었다. 상대가 명함을 주었으니 나도 주어야 하는데 난 명함을 가지고 있지 않아서 '미안합니다' 하고 인사만 했다.

꽃네 팀장님은 대단한 세일즈맨인 것 같았다. 이번에는 다른 가방에서 스티로폴에 담은 팥고물 찰떡을 선물로 주며 말했다.

"이 떡 맛있어요. 한번 잡숴 보세요. 고객을 만날 때 드리는 선물이에요."

그리고는 생명보험에 대한 설명을 했다. 나는 그저 고개만 끄덕거리다가 말했다.

"저는 세 정거장만 가면 내립니다. 이리 이사 온 지가 얼마 되지 않아서 길이 설고 길눈이 어둡습니다. 지하도를 통과하면 바로 우리 아파트 정거장입니다."

그런데 이 팀장은 내가 잘 이해도 못하는 설명을 늘어놓았다. 그 순간 나도 한 마디 할 것이 있었다.

"제가 갑자기 이런 생각이 듭니다. 만약 보험회사 사원이 고객을 방문할 때 떡보다 이런 책에 증정 사인을 하여 선물로 주면 더 의미가 있을 것 같은데 어떤가요?"

그러면서 〈울타리〉를 내밀었다. 책을 받아든 팀장은 아주 밝은 얼굴로 대답했다.

"책이 참 예쁘고 좋네요. 선생님 말씀대로 고객 관리 차원에서 시도해 볼만한 것으로 생각되는데 책값은 어떻게 되나요?"

"다량 구입할 경우는 3500원에 드립니다. 떡보다 좀 비싸지요?"

"떡보다 비싸긴 한데 이용가치는 더 있을 것 같은데요."

이렇게 하여 보험에 하나 들면 좋은 것이라고 설명하다가 떡 이야기와 책 이야기로 이러쿵저러쿵 하다가 내가 내릴 정거장을 그만 멀리 지나쳤다. 밖을 내다보니 전혀 낯선 동네가 보였다.

"팀장님을 만나 반가웠습니다. 여기가 어딘지 모르는 낯선 동네네요. 여기서 내려야겠습니다."

정거장에서 인사를 하고 내렸다. 가는 빗방울이 바람에 날렸다. 아무리 둘러봐도 어딘지 모르는 동네였다. 걸어서 차가 온 길로 가야 하나? 어쩐다? 하고 건너편을 보니 멀리 정거장이 보였다. 거기로 가서 안내판을 보니 수원으로 가는 버스가 있다고 되어 있었다.

거의 반시간쯤 기다리자 버스가 왔다. 다행히 우리 아파트 앞으로 지나가는 차였다. 평소보다 한 시간이 훨씬 늦게 귀가했다. 집사람이 걱정스럽게 물었다.

"무슨 일이 있었나요? 너무 늦어서 걱정했는데 전화도 안 받으시고……."

나는 농담으로 받았다.

"응, 차에서 어떤 여자가 옆이 앉았는데 얼마나 예쁜지 홀려서 정거장도 잊어버리고 그만 어딘지 모르는 데까지 끌려갔다가 그만 늦었어."

"여자가 그렇게 예뻤어요?"

"아주 예쁘더라고. 그 여자가 나하고 헤어지기 싫다면서 이런 떡까지 주고 다음에 만나자고 명함까지 주더라니까."

"기분 좋으셨겠네요."

그러면서 명함에 있는 팀장 사진을 들여다보고 말했다.

"정말 예쁘네요. 아직도 예쁜 여자가 좋다고 하시니 보험이라도 들어 주어야지요."

"난 보험 안 들어. 그래서 오늘 그 팀장한테 떡은 이렇게 받았지만 나도 울타리 장사를 하려고 덤벼들었지. 결국 서로 혹 붙이기 시합을 하다가 정거장이 지나가는 것도 모르고 어딘지 모르는 동네서 내려 되돌아오느라고 늦었어."

"길을 잃어버리지 않고 오셨으니 다행이에요."

"질투는 안 되나?"

"내가 질투할 나이인가요. 나이 맞게 곱게 사는 게……. "

나는 출판인이라 울타리 보급만 생각하고 그 팀장은 보험 팔기에 매진하다 보니 아무나 붙잡고 떡을 주어가며 세일을 한다.

나도 아무한테나 울타리를 주면서 독서 권장을 한다.

사람마다 주어진 사명에 충실한 모습이고 나도 그 중의 하나다.

옆 사람 51

검은 볼펜 빨간 볼펜

서울역에서 1호차 내 자리는 67번석, 옆자리는 68번 석이었다.

내 뒤를 따라와 68번 석에 앉은 깜찍한 아가씨는 앉자마자 스마트 폰에 눈을 고정시키고 있기에 훔쳐보았다.

아가씨는 옛날 동양화 미인도에 나오는 그림처럼 가늘고 예쁜 눈이었다.

아가씨는 매우 빠른 속도로 화면 가득한 글씨를 읽으며 화면을 밀어 내렸다. 글자가 많은 것으로 보아 소설이나 수필 같은데 정말 다 읽고 화면을 바꾸는 것일까? 하는 의심이 들었다.

차가 서울역을 출발하여 영등포역까지 가는 10분 동안 미라처럼 굳은 자세로 화면을 보는 눈은 아무리 보아도 미인도 속의 그림이었다.

영등포 역에서 나는 궁금증을 못 이기고 입을 열고 말았다.

"아가씨, 열심히 읽으시는데 미안해요."

아가씨가 스마트 폰을 내리고 겸손히 눈길을 보냈다.

"무슨 말씀 있으세요?"

"곁에서 보니 무슨 작품을 읽으시는지 모르지만 속도가 굉장히 빠르시어 궁금해서 실례를 했습니다. 속독이신가요?"
"네. 저는 속독을 해요."
"책도 그렇게 빨리 보시나요?"
"예, 책도 빨리 읽어요."
"그럼 이런 책도 그렇게 빨리 읽으실 수 있나요?"
그러면서 〈울타리〉를 내밀었다. 아가씨 눈이 반짝 빛났다.
"책이 예쁘네요. 무슨 책인가요?"
"이 책은 스마트 폰에 빠진 사람이 책도 보시라고 만든 스마트 북이지요. 드릴게 읽어보실래요?"
"주시겠다고요?"
"네."

아가씨는 울타리를 받아 들더니 금방 앞에서부터 몇 페이지를 읽었다. 그리고 말했다.
"내용이 좋은데요. 이것을 정말 주시겠다고요?"
"받으시면 고맙지요."
"이 책 혹시 선생님이 만드시는 거 아닌가요?"

"예, 제가 발행인입니다. 어떻게 그런 생각을 하셨지요?"
"그냥 느낌이 들어서요. 여기 주는 사람 사인하는 데가 있네요."
"다 읽으시고 친구한테 증정 사인해서 주시면 좋을 거예요."
"그보다 선생님이 저한테 사인을 해주시면 안 될까요?"
"그래도 될까요?"

그러면서 나는 가방에서 볼펜을 꺼냈다. 볼펜 3자루가 다 빨간 색뿐이었다. 아가씨도 자기 가방을 뒤지더니 볼펜이 없다고 했다.

빨간 글씨로 상대 이름을 쓸 수도 없고 막막하여 주저하고 있자니 아가씨가 옆 사람, 뒷좌석 사람, 앞좌석 사람한테 볼펜 있으면 잠깐 빌려달라고 사정을 했다.

모두들 가방을 뒤지고 수선을 떨었지만 아무도 볼펜 가진 사람이 없었다. 아가씨가 궁여지책으로 제안했다.

"선생님, 오늘 날짜와 선생님 서명만 해주세요. 그리고 빨간 글씨로라도 제 성 대답할 유(兪)자 하나만 써 주시면 제 이름은 집에 가서 써 넣을게요. 저도 볼펜을 안 가지고 다녀서 죄송해요."

나는 울타리에다 날짜와 내 이름을 쓰고 옆 사람 기념이라고 덧붙여 써 주었다. 아가씨는 평택까지 간다고 떠났고 나는 하차.

집으로 오면서 사람들이 어째서 볼펜을 안 가지고 다닐까 하고 생각해 보았다. 볼펜도 이제 필요하지 않은 시대라는 증거다. 뭐든지 카드와 스마트 폰만 있으면 된다. 편지도 연필로 쓰던 시대도 지났고 계약서도 연필로 쓰지 않고…….

나는 어째서 가방에 빨간 볼펜만 잔뜩 넣고 다니나 하고 자문하면서 생각했다. 이래서 내가 곰이지 곰이야 하다가

'편집할 때 교정을 여러 사람이 볼 경우 볼펜 없는 사람을 위해 준비한 내 습관이었으니 곰이 아니라 지혜였어.' 하고 자위하며 하루를 보냈다.

옆 사람 52

가장 가까운 옆 사람

저를 아시는 분은 다 내 옆 사람이고 저는 당신의 옆 사람으로 한 해를 보내고 오늘 마지막 날을 맞습니다.

그 동안 변함없는 우정으로 사랑을 베풀어주시고 위로하고 힘주신 내 옆 사람이신 귀하를 기억하고 감사드립니다.

새해에도 변함없이 건강하고 기쁜 소식을 나누고 웃는 얼굴로 만나는 한 해가 되기를 진심으로 기도합니다.

오늘은 내 이야기를 좀 해야 하겠습니다.

저한테 가장 가까운 옆 사람은 아내 집사람입니다. 집사람이 지난 여름 어떤 목사님이 지압을 잘한다고 하여 지압을 받았다는데 고치기는커녕 허리뼈를 골절시켜 한동안 불편을 겪다가 어제 봉담에 있는 유명한 척추전문병원에서 수술을 받았습니다.

하루 동안 병원에 입원해야 한다 하여 병원에서 저 혼자 집으로 돌아왔습니다. 퇴근하면 날마다 웃으며 팔 벌리고 십자가 사랑으로 맞아주던 아내가 없는 빈 집에 들어서니 내가 광야에 버려진 듯한 허전함이 안겼습니다.

내일은 돌아온다는 것을 알면서도 오늘 비어 있는 아내의 자리가 그렇게 애틋하고 허전한데…….

둘이 만나 지금까지 55년 동안 말다툼 한번 해보지 않고 눈 한번 흘겨보지 않고 나를 위해 기도만 해준 고마운 사람, 집사람이 바로 천사라는 생각마저 들었습니다.

처음으로 혼자 밥을 먹으려고 국을 끓이고 냉장고를 열어보니 알뜰히 챙겨 놓은 다양한 반찬과 국이 그렇게 고마울 수가 없었습니다.

언제나 밥을 먹다가 '물!' 한 마디만 하면 물을 떠다 주던 아내가 그렇게 고마운 사람이라는 걸 느꼈습니다.

오늘은 물을 내가 떠다 먹으면서 아내가 그렇게 고마운 사람이라는 걸 새삼 깨달았습니다.

아내가 보던 책과 벗어놓은 재킷이 하루를 비운 것뿐인데 왜 그렇게 내 맘을 외롭고 슬픔마저 느끼게 하던지.

난 처음으로 아내 없는 빈집에서 혼자 하룻밤을 지내면서 참 많은 생각을 했습니다.

하루 밤만 지나면 온다는 것을 알면서도 이렇게 마음이 공허한데……. 만약 다시 오지 못할 길로 옆 사람을 떠나보내고 뒤에 남은 사람이 빈집으로 들어선다면 가슴이 얼마나 아프고 슬플까요.

열차에서 30분도 안 되는 시간에 옆 사람과 잠깐 몇 마디 말을 나누고 마음을 열어 보이다 헤어질 때는 따라가고 싶었던 만큼 미련을 버리지 못했는데 평생 희로애락을 함께한 사람과 헤어진다면 그것이야말로 지상에서 가장 슬픈 이별이 될 것입니다.

옛날 시골에서 어른이 죽으면 그가 입던 옷가지며 물건을 다 태워버리는 것을 보았는데 그 태우는 심정을 이해하지 못했습니다. 그러나 오늘 생각하니 간 사람이 남긴 물건과 옷가지들이 모두 살아있는 사람의 마음을 찌르고 아프게 하기 때문이라는 것을 알았습니다.

우주 속의 작은 별 지구 한 귀퉁이에서 만나 부부의 정을 맺고 살다가는 인생.

미워도 하지 말고 마음 아프게도 하지 말고 웃으며 감사하며 살아야 할 의무가 우리에게 있다는 것을 오늘, 특히 마음 깊이 새깁니다.

남자들아, 바로 가장 가까이서 "물!" 하면 금방 물 떠다 주는 옆 사람 아내, 즐겁고 기쁘게 사랑해 주고 살자.

옆 사람 53

눈이 예쁜 부인

전철 신림역에서 환승하여 4-1경로석 코너로 갔다. 자리가 하나 비어 있는데 어떤 60대로 보이는 부인이 앞서 자리에 앉았다. 나는 뒤따라 타고 서서 가려고 하는데 그 부인이 앉았다가 발딱 일어서며 나한테 앉으라고 했다.

나는 고맙다는 눈인사만 하고 서 있으려고 했지만 부인이 내 팔을 잡아당겨 자리에 앉혔다. 나는 '늙어서 미안합니다' 하고 생각하며 자리에 앉아 가방을 뒤졌다.

나는 울타리를 항상 넣고 다니다가 누군가가 자리를 양보하면 '고맙습니다' 인사하고 '이거라도 받아주세요' 하며 내민다. 그러면 모두가 웃으며 고맙다는 인사를 하고 받아들고 바로 읽었다.

내가 드린 책을 안 보고 자기 가방에 쑥 집어넣고 덤덤히 서 있던 사람이 딱 한 사람이 있었고, 대개는 받아들며 바로 읽었다.

내가 그 부인한테 고맙다고 인사할 생각으로 가방을 뒤지는데 〈울타리〉가 없었다. 속으로 '이런! 내가 오늘은 깜빡 했구나, 이 고마운 부인한테 뭘 주지?' 하고 당황해 하는데 부인이 고개를 숙이고 물었다.

"책 찾으시는 거지요?"

나는 놀랐다. 어떻게 내 생각을 알고 물을까 하여,

"예, 날마다 한 권씩 가지고 다니는 책이 있었는데 없네요."

"울타리 말씀이지요? 찾지 않으셔도 돼요."

난 깜짝 놀랐다.

"예? 그걸 어떻게 아시나요?"

"저 지난 번 옆자리에 앉았을 때 주셨어요."

"그랬습니까?"

"책까지 주시고 몰라보세요?"

"죄송합니다. 누구시든지 자리 양보를 해주시면 책을 고맙다고 인사하고 드리지만 어떤 분한테 주었는지는 기억을 잘 못합니다."

"저는 〈장미 울타리〉를 다 읽고 친구한테 내가 준다는 사인을 해서 선물했어요. 그 내용이 좋아서 다 읽고 친구한테 이런 책도 있더라 하면서 옆자리에 앉은 선생님 이야기도 하면서 주었지요. 고맙습니다."

"그러셨군요. 정말 감사하고 죄송합니다."

"선생님 사무실이 아현동이시지요? 저는 합정동에 있는 회사에 나갑니다."

"어떻게 그런 것까지 기억하십니까?"

"그쪽으로 자주 가기 때문에 책에 있는 주소를 보고 알았습니다."

"고맙습니다. 언제 지나실 길 있을 때 한번 들르세요. 오시면 새로 나온 〈단풍울타리〉를 드릴게요."

"네. 기회 있을 때 한번 찾아뵐게요. 전 여기서 내려야 합니다. 안녕히 가세요."

나도 인사를 하면서 부인의 눈을 주의 깊게 보았다. 얼굴도 예뻤지만 쌍꺼풀눈이 더 예뻤다.

합정역에서 아현역까지 네 정거장을 가는 동안 나는 인간관계와 세상이 얼마나 좁은가를 생각했다.

하루에도 오가며 스치는 사람이 얼마나 많은가.

서로 지나가는 바람처럼 스치는 사람이지만 70억 지구 인구 가운데 같은 시간에 같은 장소에서 피차 존재를 의식하고 지나치지만 영원히 못 만날 사람이 있는가 하면 언젠가 또 만날 사람도 있다고 생각하면 옷깃을 스치는 사람은 누구든 나와 귀한 인연인 거다.

그렇게 생각하면 순간이든 백년이든 옆자리에 동석한 사람은 매우 귀중한 존재다. 그러므로 그가 누구든 친절하고 배려하는 자세로 예우하고 사는 내가 되어야 하리라는 생각이다.

옆 사람 54

스물 한 살이에요

오늘은(7월 13일) 무궁화 1호차 31번 석이 내 자리였다. 언제나 차에는 내가 옆자리보다 먼저 와서 앉는데 오늘은 나보다 먼저 와서 자리를 차지하고 있는 승객이 있었다.

'누가 감히 나보다 먼저 와 있는 거야?'

나는 만화 주인공 대장이 하던 말을 되뇌면서 자리로 가 창쪽 좌석으로 들어가려고 보니 먼저 온 사람은 상큼한 아가씨였다.

무슨 짐을 이렇게 많이 쌓아놓고 통로를 막는담? 하고 아가씨 얼굴을 보았다. 머리는 뒤로 묶었고 마스크에 가린 얼굴에 눈만 보였는데 눈을 보는 순간 찐하고 오는 필링!

그러나 내 감정이 그런 것이니 조심스럽게 아가씨 짐을 넘어 들어가다가 또 내려다본 눈은 따듯한 정이 가득했다. 그리고 언제부턴가 아는 사이 같은 데자뷰. 어디서 보았지? 하고 나는 자리에 앉자마자 물었다.

"어디까지 가시나요?"

"부산이에요."

"학생이신가요?"

"스물 한 살이에요."

마스크를 가리고 하는 말이라 잘못 듣고 나이를 묻는 줄 알았던가 보다. 대개 여자들은 나이를 물어도 대답하지 않는 편인데 나이를 먼저 말해서 다시 물었다.

"몇 학년인가요?"
"2학년이에요."
"우리 전에 어디서 보았지요?"
"아니요. 첨인데 낯은 익어요."
"뭘 전공하시나요?"
"영상미디어요."
"성씨는?"
"밀양 박가예요."

나도 낯설지 않았지만 아가씨도 낯설지 않은 눈치였다.
나는 가방을 열고 〈장미울타리〉를 내보였다.
"이런 책 보셨나요?"
"못 보았는데 예쁘네요."
"드릴까요?"
"그냥요?"

"그냥요. 받으세요. 부산 갈 동안 심심할 때 읽어보세요."
아가씨는 책을 받아들고 목차를 들여다본 다음 본문을 대강 훑었다.

그리고 웃는 눈으로 말했다.

"내용이 다양하고 좋은 책 같아요."

"고마워요. 아가씨, 눈 예쁘다는 말 들어보셨나요?"

"아주 조금요."

"조금이 대단한 거예요. 아주 조금 소리도 못 듣는 눈이 있어요."

"그런 말은 인사로 하는 거잖아요?"

"그렇지 않아요. 눈의 매력에 빠지면 사람이 거기서 못 빠져나와요. 걸크러쉬라는 말도 있잖아요."

"예에? ㅋㅋ."

"아가씨 나하고 눈싸움하실래요?"

"눈싸움요?"

그렇게 하여 아가씨는 눈빛을 나한테 쏘고 나도 그 눈을 들여다보며 이런 생각을 했다.

'저 작은 눈에 바다가 들어 있다. 바다가 아무리 넓어도 저 눈보다는 좁다. 예쁜 눈 속에는 아름다운 노래가 있고 아름다운 그림이 있다. 그래서 눈은 아름다운 거다.'

스물한 살에 4배를 곱하면 내 나이 84세가 된다. 나와 아가씨 사이에는 바다보다 넓은 세월의 강이 있다. 그러나 눈빛 속에는 아무 강도 보이지 않았다.

잠깐 사이에 나는 내려야 한다. 눈싸움은 포기하고 자리에서 일어섰다.

아가씨가 악수를 청했다. 보드라운 손에서 사랑이 묻어났다. 나는 통로를 막은 큰 보따리를 넘으며 말했다.

"잘 가요. 부산은 몇 시에 도착하나요?"
"9시 3분이에요. 책 잘 읽을게요. 안녕히."

차에서 내려 돌아오면서 짧은 순간의 감정을 떠올리며 이런 생각을 했다.

'어렸을 때 첫눈에 반하여 눈이 맞아 둘이 서울로 도망갔다는 이웃 사람 이야기를 들었는데 눈이 맞는다는 말이 무슨 뜻인지 몰랐는데 이런 게 눈이 맞는다는 건가 보다. 눈이 맞는 건 두 사람의 안광의 사이클이 일치할 때 일어나는 스파이크가 그런 것이 아닐까? 눈빛은 바로 마음이다.'
참 즐거운 감정을 가지고 만났다 헤어진 옆 사람이었다.

옆 사람 55

이상한 여자

열차표를 살 때 창문 쪽에 앉고 싶으면 홀수 번호를 사야 한다. 짝수 번호는 통로 쪽이다. 부득이 입석표를 샀을 때는 4호칸으로 가면 입석표 구매 승객들이 앉아서 갈 수 있는 빈 의자들이 있다.

서울역에서 타면 앉을 자리가 있지만 영등포역에서 타면 바로 만원이 되어 서서 가야 한다. 날마다 타고 다니다 보니 별것도 아닌 이런 지식이 늘어난다.

오늘은 내 자리가 71번석이었는데--.
서울역에서 베트남인지 어느 나라 사람이지 모를 한 가족이 몰려왔다. 한 가족 네 명이었다. 한 아이가 내 옆에 와서 차표를 보여주었다. 72번석 내 옆자리였다. 그런데 아버지인 듯한 사람이 또 다른 표를 내보이는데 68번석이었다.

68번석에는 어떤 사람이 앉아서 자리를 내주지 않는 것이었다. 그래서 그 외국 사람한테 68번 표는 바로 앞자리라고 손짓을 했다. 68번 석에는 한 여자 분이 먼저 와 앉아서 자리를 내주지 않는 것이었다.

알고 보니 이들은 67, 68, 72. 54번 표를 가지고 있는 것이었다. 그러면 68번석에 앉은 여자분이 자기 자리로 가야 하는데 안 가고 있어서 한동안 분위기가 어수선했다.

차가 떠날 때쯤에야 그 여자 분이 자리를 떠나 72번석, 내 옆자리로 옮겨 왔다. 72번석 가진 아이가 68번석으로 가고 아버지 되는 사람이 54번석으로 가서 앉음으로 소란은 끝났다.

내 옆자리로 온 사람의 표가 54번석이었던 것인데 왜 거기 앉지 않고 68번 남의 자리에 앉았는지 모르지만 참 이상한 승객이었다.

그녀는 뜨개질 모자를 납작하게 쓰고 무언가 불쾌한 듯 오만하게 마스크를 벗었다 썼다 하면서 눈을 흘겼다. 그 순간 가지처럼 긴 코와 쪽제비 눈같이 쪽 찢어진 눈에서는 날카로운 빛이 번뜩였다.

내 기억에 옆 사람 치고 가장 불쾌한 이상한 여자였다. 그녀는 스마트폰 화면을 이리저리 돌리다가 눈을 감고 머리를 젖히고 있다가 다시 스마트 폰을 이리저리 헤집는 등 매우 불안한 분위기를 연출하여 매우 불편했다. 나이는 60대 초반쯤 보이는 부인의 전체 이미지가 신경질적이었다.

그런 사람 옆에 앉아 있자니 바로 이틀 전 옆 좌석에 앉았던 담배 냄새가 진동하던 청년 생각이 떠올랐다. 그 청년은 울긋불긋한 꽃바지인지 몸베인지 모를 이상한 바지에 누르스름한 윗도리에 안경을 머리 위에 걸쳐 얹고 스마트 폰을 보면서 저 혼자인 양 시시덕거리고 웃던 기분 안 좋았던 인물이었다.

잠깐 앉았다 헤어지는 옆 사람이 기분 좋을 때가 있고 불쾌할 때가 있다. 핸섬하고 예의 바른 젊은 청년이나 친절하게 웃어주는 상냥한 아가씨와 동석할 때는 좀 더 그들과 이야기도 하고 싶고 차에서 내리는 것이 아쉬울 때가 있는데 어제와 오늘은 그들 곁을 빨리 떠나고 싶다는 생각으로 30분간 지루하게 퇴근을 했다.

날마다 기차를 타다 보면 동화 속의 이야기처럼 재미있는 일만 있는 것이 아니다.

세상을 살다 보면 기억하고 싶지 않은 사람이 있다. 그런 사람은 빨리 잊는 것이 명약이고 혐오증을 주는 사람은 빨리 곁을 떠나 잊고 사는 것이 보약이 아닐까.

옆 사람 56
뚜껑 연 청도 감

내가 참 바보 곰 같다는 생각을 한 하루였다.

신설동에서 천안행 급행 지하철이 3시 15분에 있다고 생각하고 동행자한테 기다리라고 해 놓고 화장실을 찾아 헤매다가 못 찾고 돌아오는데 친구가 급행이 와서 탔다면서 내가 몇 호칸에 탔느냐고 물었다. 무슨 차가 금방 오느냐 하고 어물거리다 보니 내가 생각한 시간표는 시청역이고 신설동이 아니었다.

아차! 여기는 시청이 아니구나 하고 뒤에 오는 전철을 탔다. 70대 영감 둘이 앉은 가운데 자리가 있기에 앉아서 수원까지 가리라 생각했는데 한 정거장 가자 지팡이를 짚고 돋보기안경을 한 할배가 올라와 비틀거렸다.

그 노인을 본 옆 두 사람은 고개를 푹 꺾고 못 본 척했다. 내가 얼른 일어서서 자리를 내주었다. 그리고 서서 7정거장을 가는데 사람들이 빼곡히 타서 매우 힘들었다.

수원까지 가려던 생각을 바꾸어 서울역에서 기차를 타기로 하고 내려 보니 예약 시간보다 40분이나 기다려야 했다. 앞 차를 탄 친구한테 전화로 어디 가고 있느냐 물으니 가산디지털단지란다. 그것을 탔더라면 30분 정도면 수원이다.

놓친 기차도 그렇지만 승차 지점이 다르다는 것을 착각한 내가 바보 같아 은근히 화도 났다. 40분을 지루하게 기다렸다가 무궁화 2호차 63번 석에 앉았다.

전철서 시달리는 동안 기분이 안 좋았다. 그런 상태였는데 내 옆자리에 40대 여자가 앉았다. 첫 인상이 쌀쌀맞게 생겨서 관심도 두지 않고 가다가 스마트 폰을 보다 내려놓기에 물었다.

"어디까지 가시나요?"

"청도까지 갑니더."

"씨 없는 감이 나오는 청도요?"

"그걸 우찌 아십니꺼?"

"세상 사람이 다 아는 것이지요. 거기까지 시간이 얼마나 걸리나요?"

"4시간 걸립니더."

"4시간 가자면 많이 지루하시지요?"

"예, 지루하지만 우쨉니꺼."

내가 〈울타리〉를 내보이며 말했다.

"스마트 폰 을 보다가 지루하실 때는 이 책을 보실래요?"

"예? 사라고예?"

"아닙니다. 거저 드리고 싶어요. 받으세요."

쌀쌀맞게 보이던 얼굴에 책을 받아들고 웃는 모습이 밝고 인상이 청도 감처럼 정감이 들었다. 그러는 사이에 차가 수원에 가까워지고 있었다.

"청도에 내 친구 석씨가 있어서 씨 없는 감을 잘 알지요."

"석씨라고예?"

"예. 아시나요?"

"제가 석가고예 우리 고장에는 석씨가 몇 집 안 삽니더. 친구분 이름이 누구신가요?"

기차가 멈췄다. 나는 그 이름을 대지 못하고 편히 가시라고 한마디 하고 내렸다. 그렇게 6분간의 대화는 끝내고 헤어져야 했다.

나는 집으로 오면서 '나는 곰이다 곰'하고 신설동과 시청 사이의 시간 착각을 생각하며 판도라 상자를 생각했다.

전에도 말했지만 사람은 뚜껑 덮은 항아리 같아서 뚜껑을 열어보지 않으면 그 속을 모르듯 마음 문을 열고 대화를 해 보지 않으면 그 사람이 어떤 인물인지 모른다.

첫인상이 쌀쌀맞던 그녀가 웃을 때 청도 감처럼 보일 때 외모보다는 속이 더 따듯한 사람이라는 것을 느꼈다. 그리고 너무 짧은 시간에 말을 하다 말았다는 것도 인생이 다 그런 것 아닌가 하는 생각을 하게 했다.

우리가 잠깐 지구의 한 지점에서 순간에 만났다 헤어짐이 기차를 떠내보냄과 같지 않은가.

옆 사람 57

인생 자체가 '짐'

나도 그렇지만 대개 사람들은 옆자리에 부담 없고 예쁜 사람이 앉길 바랄 것이다. 기차에 먼저 와서 앉아 옆에 누가 올까 기다리자면 통로에서 다가오는 사람에 따라 마음의 소원도 달라진다.

굉장한 뚱보가 오면 그 사람이 그냥 지나가를 바라고, 예쁘고 호리한 아가씨가 오면 옆 사람이기를 바라고, 뚱뚱한 아줌마도 반갑지 않고, 호호 할머니나 나 같은 곰도 오지 마소서 한다.

지난 월요부터 목까지는 바라는 사람보다 안 바라는 동석자가 많았다.

3일 전에는 깡패 같은 사람이 쿵하고 앉아 뭔지 우적우적 먹더니 어제는 나보다 뚱뚱한 아가씨가 먼저 와서 앉아 내 좌석으로 들어가는 통로를 겨우 내주어 비비고 들어가 앉았다.

그 아가씨는 몸에 비해 손이 아기손이었다. 스마트 폰을 톡톡 치는데 손가락만 겨우 나와 꼬물거리고 움직였다. 옆 사람에 관심을 끄고 스마트 폰에 빠지지 말자고 스마트 북을 발행하는 나지만 카톡을 열었다. 이건숙 소설가가 보내주신 글이 있어서 그걸 읽고 감동도 받고 교훈도 얻었다.

이 글을 동화로 인용 패러디하면 참 좋을 것 같은 명언들이었다. 오늘은 그 글을 몽땅 여기에 올리려 한다.

☞ 인생의 짐

“지고 가는 배낭이 너무 무거워 벗어 버리고 싶었지만 참고 정상까지 올라가 배낭을 열어 보니 먹을 것이 가득했다”

인생도 이와 다를 바 없습니다. ‘짐’ 없이 사는 사람은 없습니다. 사람은 누구나 이 세상에 태어나서 저마다 ‘짐’을 감당하다가 저 세상으로 갑니다.

인생 자체가 ‘짐’입니다. ‘가난’도 짐이고, ‘부유’도 짐입니다. ‘질병’도 짐이고, ‘건강’도 짐입니다. ‘책임’도 짐이고, ‘권세’도 짐입니다.

‘헤어짐’도 짐이고, ‘만남’도 ‘짐’입니다. ‘미움’도 짐이고, ‘사랑’도 짐입니다. 살면서 부닥치는 일 중에서 짐 아닌 게 하나도 없습니다.

이럴 바엔 기꺼이 “짐을 짊어지세요. 언젠가 짐을 풀 때 짐의 무게만큼 ‘보람과 행복’을 얻게 됩니다.”

아프리카의 원주민은 강을 건널 때 큰 돌덩이를 짊어진다고 합니다. 급류에 휩쓸리지 않기 위해서랍니다. ‘무거운 짐’이 자신을 살린다는 것을 깨우친 것입니다.

헛바퀴가 도는 차에는 일부러 짐을 싣기도 합니다. 그러고 보면 짐이 마냥 나쁜 것만은 아닙니다. 손쉽게 들거나 주머니에 넣을 수 있다면 그건 짐이 아닙니다.

짐을 한번 져 보세요. 자연스럽게 걸음걸이가 조심스러워집니다. 절로 고개가 수그러지고 허리가 굽어집니다. 자꾸 시선이 아래로 향합니다. 한 번 실행해 보십시오.

누군가, 나를 기억해 주는 이가 있다는 건 참으로 고마운 일입니다. 누군가, 나를 걱정해 주는 이가 있다는 건 참으로 행복한 일입니다. 요즘은 어떻게 지내? 괜찮은 거지? 별일 없지? 아프지 마!

나도, 누군가에게 고맙고 행복을 주는 사람이 되고 싶습니다!

행복은 멀리 있는 게 아닙니다. 내 마음 속에 항상 나와 함께 있습니다! 행복은 절대로 멀리 있는 게 아니라 가까이에 있어서 알지 못할 뿐입니다

늘 있는 것을! 가진 것을! 보지 않고 나에게 없는 것만 생각해서 보지 못할 뿐입니다. 항상 있는 것에 감사하면 당신이 누구보다도 행복하다는 걸 깨닫게 될 것입니다.

"구두 없는 발을 원망하지 말고 발 있는 것에 감사하라."

오늘도 내가 건강함에 감사하고 오늘 내가 숨 쉴 수 있음에 감사하고 오늘 내가 누군가를 만남에 감사하고 감사가 넘치다 보면 우리의 삶도 저절로 행복해집니다.

★ 기적을 사는 삶

인생을 사는 방법은 두 가지입니다. 하나는 아무 기적도 없는 것처럼 사는 것이요, 다른 하나는 모든 일이 기적인 것처럼 사는 것입니다.

우리는 하늘을 날고 물 위를 걷는 기적을 이루고 싶어 안달하며 무리를 합니다. 땅 위를 걷는 것쯤은 당연한 일인 줄 알고 말입니다. 그러나 몸이 불편해서 누워 있는 사람이 가장 원하는 것이 무엇일까요? 혼자 일어나고, 좋아하는 사람들과 만나 웃으며 이야기하고, 함께 식사를 하고, 산책을 하는 아주 사소한 일이 아닐까요?

다만, 그런 소소한 일상이 기적이라는 것을 깨달을 때는 대개는 너무

늦은 다음이 되고 맙니다.

기적을 이루려고 물 위를 걸을 필요가 없습니다. 공중으로 부양할 필요가 없습니다. 그냥 걷기만 해도 기적이고 그냥 숨 쉬는 것도 기적입니다. 오늘 하루 살아 있음이 기적이랍니다.

위의 글입니다. 다 알고 있는 평범한 말들 같지만 읽는 마음에 따라 감격도 되고 교훈도 됩니다.

나는 기차가 어디쯤 가는지 알지 못하고 이 글에 한동안 심취했습니다. 옆에 뚱뚱보 아가씨가 있다는 것도 까맣게 잊고 말입니다.

"구두 없는 발을 원망하지 말고 발 있는 것에 감사하라."

옆 사람 58
아쉬운 눈빛

전철 수원역 경로석에 내가 앉자 같은 경로석 끝에 간격을 두고 60이 안 되어 보이는 엘레강스한 숙녀가 단정히 앉았다.

가운데 자리를 비워 둔 채 두 정거장을 갔을 때 70대 영감이 올라와 가운데 빈자리에 앉았다. 그는 신문을 들고 탔는데 앉자마자 신문을 읽었다.

그 정도 나이면 대개 안경을 쓰고 신문을 보는데 그는 그냥 읽었다. 나는 곁눈질로 신문을 보았다. 영감이 신문을 보면서 부동산이 어떻고 정치가 어떻고 떠들어대다가 내가 훔쳐보는 것을 알고 물었다.

"신문 보시려우?"

"고맙습니다. 그럼 저 기사만 읽고 돌려드리겠습니다."

그리고 그 기사를 읽었다. 영감이 나한테 물었다.

"안경도 안 쓰고 그 글씨가 보이십니까?"

"예."

"난 내 또래들보다 신문을 안경 없이 그냥 봅니다."

"시력이 좋으신 것 같습니다. 올해 연세가 어떻게 되시나요?"

"일흔 다섯입니다. 다 늙었지요. 그래도 눈 하나는 아직 젊습니다. 댁도 안경 안 쓰고 보시는 거 보니 제 또래 같습니다."

"예, 거의 동갑이지요. 저는 여든 넷입니다."
"그렇습니까? 나보다 몇 살이 위이신데 눈이 더 좋으신 것 같습니다."
"오십보백보지요. 어른께서는 책읽기를 좋아하시는 것 같습니다."
"예, 저는 스마트 폰보다 책을 좋아합니다."
나는 반가워서 가방에 든 〈울타리〉를 꺼내어 내밀며 말했다.

"그러시군요. 저는 스마트 폰을 보다가 책 생각이 나면 이 책을 꺼내어 읽습니다. 한번 보시지요."
이렇게 둘이 말을 주고받는 사이 그 옆자리 부인이 또렷하고 맑은 눈을 동그랗게 뜨고 울타리를 호기심 있게 바라보았다. 영감님은 울타리를 이리저리 펴보더니 기분 좋은 소리를 했다.

"참 볼만한 내용들이 들었습니다. 요새 이런 책이 필요합니다. 세상에는 이런 책을 만드는 사람도 있군요. 스마트 폰에 빠진 사람들이 이런 것을 들고 다니면 좋겠지요? 그런데 저한테 이걸 거저 주시겠습니까?"
"맘에 드시면 그러시지요."
"감사합니다. 잘 읽어보겠습니다."

그리고 영감은 울타리를 들여다보고 있는데 옆에 부인이 나를 바라보는 눈에서 이런 말이 들려왔다.
"저도 주세요. 저도 책 좋아해요. 하나 더 없으세요? 그 책 저를 주셨으면……."

그 애절한 눈빛에서 마음을 읽을 수 있었다. 품위 있어 보이는 부인은 첫 인상이 좋았는데 간격을 두고 앉았기 때문에 울타리를 주고 싶어도 줄 수가 없었다.

신문 읽는 영감이 가운데 앉음으로 그에게 주고 보니 부인한테 줄 책이 없었다. 하나 더 있으면 아낌없이 주고 싶었다.

무척 아쉬운 마음으로 신도림역에서 내리며 부인한테 마음으로 말했다.

"죄송해요. 다음에 만나시면 드릴게요."

그리고 그 후부터는 무겁지만 두 권씩을 가방에 넣고 다닌다.

영감이 '세상에는 이런 책을 만드는 사람도 있군요' 하는 말에 내가 그 사람입니다 하고 말하지 못했다. 지극히 작은 책이지만 울타리를 만든 보람을 느꼈다.

더 알찬 책을 만들어야겠다는 다짐을 하며 신도림역 물결치듯 밀리고 갈리는 사람들의 숲을 헤집고 2호선을 바꿔 타고 한강을 건넜다.

옆 사람 59

귀여운 답사리 아가씨

내 옆자리에 키가 자그마하고 눈두덩이 별나게 검은 못생긴 아가씨가 앉았다.

'눈이 큰 건가? 뭔가 이상한 얼굴이네?'

나는 이런 생각을 하며 아가씨눈을 살폈다. 눈두덩이 검게 보인 건 아가씨 위 눈썹 때문이었다. 위 눈썹이 마치 답사리(시골 마당 끝에 나는 잎이 무성한 풀로 그것으로 빗자루도 만들어 씀.)처럼 무성하게 나 있어 서였다. 얼굴이 예쁜 편은 아니었지만 귀여운 데는 있었다. 특히 눈을 끔벅거릴 때 위 눈썹이 풀썩풀썩하는 것이 재미있게 보였다.

나는 호기심도 많지만 어린애처럼 이상한 것을 보면 주책없이 묻기도 잘 하는 편이다. 그래서 아가씨한테 물었다.

"아가씨, 어디까지 가시나요?"

아가씨가 기이한 눈썹을 달싹거리며 서울 말씨로 대답했다.

"부산까지 가요."

"서울서 부산까지는 아주 멀지요?"

"예. 멀고 지루해요."

"왜 스마트 폰은 안 보시나요?"

"봐도 그게 그거죠."
"그럼 책은 좋아하시나요?"
"네."

이렇게 반가운 대답이! 내가 가방을 안 열 수가 없었다. 〈단풍울타리〉를 내보이며 물었다.
"이런 책 보셨나요?"
"그것도 책이에요?"
"책이지요. 스마트 폰처럼 작고 내용도 스마트 폰과 비슷해요. 귀엽지 않아요?"
"그렇게 생각하니 귀엽게도 보이네요."
"이거 드릴 테니 부산까지 가는 동안 읽어보세요."

아가씨는 책을 받아들더니 목차를 먼저 들여다보고 바로 '위대한 한국인'이라는 글을 읽기 시작했다. 책장을 훌떡훌떡 넘기는 것이 읽지 않는 것 같았다.
그런데 살펴보니 책장만 넘기는 것은 아닌 것 같았다. 언제였나, 옆자리에 박이라는 아가씨도 속독을 하는 걸 보았기 때문에 속독을 하나보다 생각했다.

요새 젊은이들 책 읽는 속도가 매우 빠르다는 걸 그때 느꼈다. 대개 나보다는 열 배는 빠르게 읽는 것을 인식하고 있는 터라 아가씨가 읽고 무슨 말을 할까 기다렸다.

서울역서 떠나 영등포 역에 도착하는 사이에 그 기사를 다 읽은 아가씨가 소감을 말했다.

"책이 작아서 아무렇게나 생각했는데 작아도 알찬 내용들이에요. 저는 이승만 박사에 대하여 제대로 몰랐는데 여기서 보니 정말 훌륭한 분이셨네요. 이박사도 훌륭하지만 특히 외국 출신 부인이 더 훌륭해요."

그러면서 여기를 펴 보이며 말했다.

"날마다 날마다 김치찌개 김치국,

날마다 날마다 된장찌개 된장국."

그러면서 말했다.

"우리나라의 귀하고 위대한 인물이 너무 불쌍하게 돌아가셨네요."

나는 답사리 아가씨가 고맙고 귀여워서 남겨둔 〈눈꽃울타리〉마저 꺼내 주며 말했다.

"지금까지 옆 사람과 이야기하고 책을 주어 보았지만 아가씨같이 읽고 바르게 말하는 분은 몇 안 되었어요. 가시는 길이 너무 머시니 이 〈눈꽃울타리〉마저 드릴게요. 한꺼번에 두 권을 드리는 건 처음이네요."

잠깐 사이에 차는 수원역에 도착.

내가 자리에서 일어서자 아가씨도 일어서서 깍듯이 인사를 했다. 고개 숙여 인사하는 아가씨 답사리 눈썹이 예쁘게 보였다.

나는 겉만 보고 속사람을 알지 못한 채 내 판단대로 상대를 평가하는 못된 습성이 있다. 다른 사람들은 안 그런 것 같은데 나는 그렇다. 그 아가씨 속이 나의 〈울타리〉처럼 꽉 찬 인물인 것은 모르고 검은 눈썹만 보고 내 맘대로 오판한 것이 얼마나 건방졌던가.

언제나 내 옆자리에는 나보다 똑똑하고 머리 좋은 사람들이 앉아 있었다.

옆 사람 60

진짜 매력적인 옆 사람

내 63번석 옆 64번 자리에 젊고, 얼굴이 맑고, 눈빛이 착하고, 차 림이 깔끔하고, 단정히 앉은 자세도 곧은, 아무리 봐도 싱싱한 젊은 신사였다.

내 옆에 앉으면서 겸손히 허리를 숙여 보였다. 동석하겠다는 인사다. 난 그 사람의 첫인상이 좋아서 반가웠다. 예쁜 여자한테 느끼는 것보다 싱그러운 매력을 느꼈다고 할까?

서울역에서 차가 떠날 때 내가 말을 건넸다.
"같이 앉아서 반가워요. 어디까지 가시나요?"
"대전까지 갑니다."
"학생이신가요?"
"네."

"몇 학년이신가요?"
"일학년입니다."
내친 김에 더 물었다.
"학교는?"
"서울시립대학입니다."

"아주 좋은 대학을 가셨네요. 내가 옆자리에 앉는 분한테 드리는 선물이 있습니다."

"네?"

나는 <눈꽃 울타리>를 내보이며 받으라고 눈짓을 했다. 젊은 1학년생은 겸손히 받아들고 바로 목차를 들여다보더니 본문을 이리저리 살폈다.

그리고 말없이 울타리와 스마트 폰을 나란히 들고 책을 읽는 것인지 폰을 보는 것인지 구분이 안 되는 몸짓을 했다.

나는 말없이 그가 하는 거동을 지켜보았다. 영등포역을 지났을 때 그가 무엇을 하는지 알았다. 스마트 폰에 있는 무엇인가를 스마트 폰에서 검색을 하는 것 같았다. 나는 갑자기 걱정이 되었다. 무슨 글이라도 잘못 올린 것이 있으면? 하는 걱정.

그가 계속해서 그러더니 한마디를 했다.
"선생님, 이 책은 믿을 만한 것 같습니다."
나는 손자뻘 되는 사람이라 반말로 받았다.
"그게 무슨 말이지?"

"제가요, 앞에 대통령 기사를 보고 내 생각과는 다른 책이라고 생각했습니다. 저는 박정희 대통령을 악독한 독재자라는 말을 더 많이 듣고 배웠기 때문에 이 책이 믿어도 되는 책인가 의심스러워서 여러 곳을 확인했습니다."

"그래요?"

"이 책에 있는 대로 박대통령이 정말 그런 분인가를 나중에 확인해 보겠습니다. 그리고 뒤에 '많이 쓰이는 외래어'의 오류를 찾아보았는데 별로 잘못된 것이 없고요."

"그래요? 고맙네요."

"사자성어도 검색해 보았더니 틀린 것이 없었습니다. 비교적 믿을 수 있는 책이라고 생각했고요."

"그리고 또?"

"책은 작지만 다양하고 좋은 내용인 것 같아요. 대전까지 가는 동안 다 읽어 보겠습니다. 좋은 책을 주셔서 감사합니다."

여기까지 이야기하는 동안 차는 수원역에 도착.

나는 차에서 내려 환승장에 비치된 책장에서 이런저런 책들을 살피며 〈울타리〉를 섣불리 만들어서는 안 되겠다는 생각을 했다.

만화책 보듯 아무렇게나 읽다 버리는 것이 아니라 내용을 꼼꼼히 검색해가며 읽을 독자가 그 학생뿐이 아닐 것이라는 점 때문이다.

이런 책일수록 교과서만큼이나 믿어도 좋은 글을 올려야 한다는 책임감이 들었다. 우습게보아 넘길 책이라고 할 사람도 있겠지만 그렇지 않은 사람이 더 많을 것이라는 점 때문이다.

내가 내놓는 이 울타리가 비록 작은 책이지만 사회를 향해 내가 하고 싶은 말과 의지를 펴는 데 목적이 있다는 것을 생각하면 스스로를 많이 살펴야겠다는 생각이다.

자금까지 10권을 펴냈는데 얼마 전부터 교보와 여기저기서 그 책을 찾는 빈도가 늘어나고 있고 어떤 독자는 1권부터 10권까지를 갖추려 하는데 서점에 그것들이 없다는 전화도 받았다.

더 좋은 내용과 문학작품도 바르게 선정하여 국민전체가 인정하는 스마트 폰 '방어울타리'를 단단히 쳐야겠다.

그 동안 울타리를 애독해주신 분들께 감사드린다.

옆 사람 61

시끄러운 소리 예쁜 소리

이틀 전이다. 기차 안은 항상 숨이 막힐 듯 조용한데 그 날은 대단히 시끄러운 날이었다.

바로 내 앞좌석에 아줌마 둘이 탔는데 서울역서부터 수원을 지나가기까지 거칠고 큰소리로 웃기도 하고 수다를 떨어댔다.

내 옆 좌석의 청년은 기분이 상한 듯 몇 번 고개를 앞으로 내밀었다가 뒤로 들이밀고 고개를 젖히고 눈을 감고 말았다. 그가 고개를 내밀 때는 '조용히 좀 하세요' 하고 말하려던 것 같은데 참고 만 모양이었다. 나도 몇 마디 '조용히 해 주세요' 하고 싶었는데 두 부인들이 오히려 왜 간섭이냐고 반격할까 두려워 그만 꾹꾹 눌러 참았다.

그런데 멀리 앞좌석 쪽에서 아기 울음소리가 들려왔다. 그 울음소리가 아줌마들 수다소리보다 메아리처럼 듣기 좋았다. 그런데 잠시 후에 바로 앞좌석 건너편에서 또 한 아기가 아앙앙하고 울어대기 시작했다.

이쪽 아기 울음소리에 앞좌석 아기 울음소리는 들리지 않았다. 이쪽 아기 울음소리가 얼마나 크고 우렁차게 들리던지 앞좌석 아줌마들이 기분 나빴던 듯, 한 소리 했다.

"아기 좀 달래세요. 너무 시끄러워서 원!"

아기 엄마는 미안해서 어쩔 줄 모르고 아기를 달랬지만 녀석이 무슨 불만이 있어서인지 한 3분쯤 울어댔다. 차 안을 휘두르던 아기 울음소리가 뚝 그치자 파도가 밀려간 바다 속처럼 조용해지고 이어 앞좌석 아줌마들의 수다 소리가 들리기 시작했다.

아기 울음소리는 싫다면서 자기들 수다 떠는 소리를 듣고 참는 옆 좌석 사람들은 생각지 못하는 모양이었다.

나는 시끄러운 아줌마들 수다 소리보다 아기들의 힘찬 울음소리가 더 듣고 싶었다.

요새 가수들 빽빽거리는 노랫소리는 여기저기서 날마다 들리지만 아기들 울음소리는 꾀꼬리 소리만큼이나 듣기 힘들다. 옛날 시골 마을에는 아기들 울음소리가 이집 저집에서 합창을 해댔었는데 지금은 아기 울음소리가 한 동네에서 하나 정도나 들릴는지.

아기들 귀여운 울음소리는 유명한 가수 노래 소리보다 동그랗고 부드럽고 듣기 좋다.

아기 엄마는 옆 사람한테 미안해서 어쩔 줄 모르고 있었지만 나는 아줌마들 수다소리보다 그 아기 우렁찬 울음소리가 더 듣고 싶었다.

앞자리 옆자리 아기들 울음소리가 그치자 앞좌석 아줌마들 목소리가 더 크게 들렸다. 나는 수원서 내렸지만 그 아줌마들은 어디까지 가는지 내 옆자리 청년은 가면서 계속 참고 들으며 얼마나 불만스러웠을까.

사람들은 자기가 하는 것은 다 옳고 남이 하는 것은 다 그르다고 한다. 아무리 내가 옳더라도 상대도 자기가 옳다고 생각하여 하는 소리이니 들어주는 마음의 여유를 가져야 할 것 아닌가.

나도 남의 흉은 잘 보면서 내 흉 보는 것은 싫으니 그 아줌마들 수다만 싫다고 할 자격은 없는 것이다.

옆 사람 62

눈은 마음의 창

화요일 오후 4시 9분 서울발 부산행 1219열차 1호칸, 나는 71번석, 그리고 옆은 72번석이다. 내가 자리에 앉자마자 바로 뒤따라 온 아가씨가 내 옆에 단정히 앉았다. 앵무새처럼 예쁜 아가씨였다.

첫눈에 인상이 좋고 마음이 끌려서 앉자마자 물었다.
"어디까지 가시나요?"
"수원이에요. 어디까지 가세요?"
"나도 수원입니다. 벌써 퇴근하시는 길인가요?"
"아니에요. 오늘은 휴가라 수원 집에 다니러 가요."
"직장이 서울이신가 보지요?"
"네. 신촌에 방을 얻어 지내며 직장에 나가고 있어요."
"무슨 일을 하시는지요?"
"그런 것도 알고 싶으세요?"
"네."

"제가 무슨 일을 하는 사람 같으세요."
"간호사!"
아가씨가 깜짝 놀라 눈을 동그랗게 뜨고 물었다.
"예? 그걸 어떻게 아셨어요? 저를 아세요?"

"눈을 보면 압니다."

"눈을 보시고요?"

"예, 눈은 마음의 창이라고 했잖아요. 바로 누구든지 눈을 보면 그 속사람이 보이고 때로는 직업도 보입니다."

아가씨는 아주 밝게 웃으며 물었다.

"어머! 정말이세요?"

"그래요. 사람의 눈은 창문이라고 하잖아요. 낯선 집에 가서 창문을 열고 안을 들여다보면 그 안에 있는 것이 다 보이지요? 깔끔한 사람이 사는 방은 말끔하고 어영부영 사는 사람 방은 이 구석 저 구석에 걸레 빨래가 널려 있는 게 보이지요. 안 그래요?"

"맞아요. 그런데 사람하고 창문은 다르잖아요?"

"다를 것도 없어요. 집집마다 창문 모양이 다르듯이 눈도 모양이 달라요. 찢어진 창, 깨진 유리창이 그대로인 집이 있듯 사람 눈도 모양에 따라 속사람이 보이지요."

"재미있는 말씀이에요. 눈만 보고도 상대를 아신다니요."

"그래서 나는 혼자 이렇게 판단을 하지요. 가로로 찢어진 염소눈. 삼각눈, 반달눈, 보름달 눈, 장비눈, 개구리눈, 잠자리눈 등 그 모양에 따라 그 사람을 판단하면 대략 맞습니다."

"호호호. 저는 무슨 눈이에요?"

"비둘기 눈이지요. 비둘기는 사람을 좋아하는 순한 새예요. 바로 그런 눈은 간호사 눈이지요."

"그럼 의사 눈은요?"

"의사들은 거의가 독수리눈으로 권위적이지요. 간호사들은 비둘기처럼 친밀감이 드는데 내가 만나본 의사들은 대개 오만해 보였어요."

"심리학을 하셨나요?"

"난 아무것도 배운 게 없는 사람입니다. 그래서 겨우 책 만드는 일만 합니다. 책 읽기 좋아하시나요?"

"네. 좋아해요."

나는 가방에서 '눈꽃울타리'를 꺼내어 내밀었다.

"이 책 한 번 보실래요? "

"그냥 주신다고요?"

"네. 책 좋아하시면 읽어 보세요."

아가씨는 겸손하게 받으며 인사를 했다.

"고맙습니다."

아가씨는 책을 들고 여기저기 살폈다. 그리고 말했다.

"저는 속독을 해요. 이 책 잠깐이면 읽을 수 있어요. 지금은 안 읽고 선생님한테 뭐든지 이야기를 듣고 싶어요."

나는 갑작스런 주문에 무슨 말을 해야 좋을까 머뭇거리다가 이런 말을 했다.

"별로 좋은 의견은 없는데……. 어느 병원에서 근무하시나요?"

"신촌 세브란스병원 내과 이비인후과가 같이 있는 곳인데요. 저는 내과 쪽이에요."

"내 맘대로 말해도 좋지요?"

"네. 무슨 말씀이든 듣고 싶어요."

"병원에 근무하신다니 말씀인데, 의사들은 별것도 아닌 병을 만들어서 한 가지 환자를 두 가지로 만들어요. 인체는 누구나 어디든 자연치료의 자치치유 기능을 가지고 있어요. 그런데 조금 베기만 해도 의사들은 세균이 어떻고 하면서 자연 치유될 것을 인공적인 환자로 만들지요."

아가씨는 고개를 끄떡했다.

"네. 맞는 말씀 같아요."

"의사는 직업적 의식을 가진 사람이기 때문에 환자가 병원을 찾아들면 치료도 중요하지만 경제적 면도 의식하지 않을 수 없지요. 그래서 환자 의료도 해야 하고 생활도 해야 하니……. 아니, 내가 좀 무식한 말을 했네요."

아가씨가 상냥하게 받았다.

"괜찮아요."

나는 주제 넘는 소리를 또 지껄였다.

"간호사의 역할이 대단히 중요하다고 생각해요. 병원을 찾는 환자는 먼저 간호사를 만나지요. 간호사의 친절한 손과 사랑의 눈빛만으로도 환자는 50%의 치료를 받아요. 간호사가 불친절하고 기분 상하게 하면 환자는 병원 초입부터 마음의 상처로 병을 하나 더 얻지요. 그래서 간호사들의 역할은 의사보다 중요하다고 생각해요."

아가씨는 재미있다는 눈으로 물었다.

"올해 연세가……?"

"할배지요. 84요."

"그렇게 보이지 않으시는데요. 저는 96년생이에요."

또 웃음을 나누면서 대화를 나누는 사이에 수원에 가까워졌다. 내가 아가씨 이름을 물었다.

그리고 울타리에다 사인을 해 주겠다고 책을 되받아 날짜와 내 이름을 쓰고 상대 이름을 쓰려고 했더니 박인경이라고 했는데 '인'자를 잘못 듣고 '은'자의 으까지 썼다가 '은'이 아니라 '인'이라고 해서 옆에 '인'자를 쓰고 '으'자를 지울 수도 없어 '으'에다 팔과 다리를 그려 춤추는 사람으로 만들었다.

아가씨가 더 재미있다면서 받아 들고 나한테 웃어주며 말했다.

"차가 너무 빨리 와서 아쉬워요. 더 갔으면 좋겠는데……."

"나도 그렇지만 헤어져야지요."

하차하여 아가씨는 계단으로 올라가며 손을 저어주었고 나는 엘리베이터 쪽으로 향했다.

아가씨는 간호사 3년째라고 했고 27세의 아담한 키에 단아한 모습이었다.

모르는 사람끼리 출발부터 도착까지 33분 동안 완전히 꿈꾸듯 이야기를 나누기는 처음이었다.

내가 무식한 소리를 너무 많이 지껄인 것 같아 목이 쏙.

옆 사람 63

휴우, 한마디 하고 죽는 줄 알았네!

오늘은 앞쪽 15번 석에 앉았다. 바로 문 앞쪽이라 승객들이 들어서자마자 16번 석에 젊은 부인이 앉았다. 그리고 앉자마자 창밖을 향해 손을 흔들어댔다.

15번 석은 창가이기 때문에 부인의 손이 내 앞에서 춤을 추었다. 나는 손 젓는 방향 창밖을 내다보았다. 한 사람이 서서 마주 손을 흔들었다. 그것도 차가 떠날 때까지. 부인은 얼굴을 내 앞에 내밀고 창밖을 향해 안타까운 이별을 하고 있었다.

나는 점잖게 있어야 하는데 어린애처럼 호기심이 많아서 궁금한 건 물어보는 습관이 있어 참지 못하고 부인한테 물었다.

"이별이 안타깝습니다. 부부 사이신가요?"

"예, 남편이에요."

"왜 같이 가지 않고 애석한 이별을 하시나요?"

"저이는 미군부대에 다니고요 나는 집으로 가는 중이에요."

"어디까지 가시나요?"

"평택까지 가요. 미군부대 근처 동네에 살아요."

"그럼 그 동네 이름이 원정리인가요?"

"원정리가 아니라 안정리예요. 그런데 어떻게 동네 이름을 아시나요? 성씨가 어떻게 되시나요?"

"심가입니다."

"그러세요? 저도 심가인데요."

"본관이 어디신가요?"

"청송이에요. 우리나라에는 청송심가밖에 없잖아요."

"저는 풍산심가입니다."

"그런 본관도 있어요?"

"알고 보면 풍산심가가 우리나라에는 원류입니다. 풍산은 안동 하회마을이 있는 곳이지요. 옛날 백제 땅이었던 중국 절강성에서 우리 조상 심만승님이 중국이 싫어서 고려 예종 때(서기 1112년) 상선을 타고 황해를 건너 낙동강을 거슬러 올라오다가 경치 좋은 곳을 만나 거기서 정착하여 풍산심가가 시작되었고, 그리고 100년쯤 후인 서기1200년 초에 심홍부라는 할아버지가 청송심씨 시조로 되어 있지만 풍산에서 청송으로 이주를 하지 않았나 생각됩니다. 청송에 이어서 삼척으로 간 후손은 삼척 심가가 되고 전라도 쪽으로 간 후손은 부유, 전주 심가가 되었다고 봅니다."

"본관이 그렇게 많은가요?"

"예전엔 60본이었다고 하지만 지금은 풍산, 청송, 삼척만 보입니다."

"선생님은 누구신가요?"

나는 가방에서 〈눈꽃 울타리〉를 꺼내 주며 말했다.

"저는 이런 책을 만드는 사람이지요."

부인은 받아들고 예쁜 책이라고 했고, 나는 책이 작고 예쁘지만 내용을 보면 더 예쁜 책이라고 자랑도 했다. 부인은 책을 펴들고 여기저기 보다가 말했다.

"혹시 장로님 아니신가요?"

"왜 그렇게 생각하시나요?"

"장로님 같아서요."

"이름만 장로지 장로라고 하기에는 부끄러운 사람입니다."

"그러시군요. 저는 전도사입니다."

"전도사님? 교회는 어디신가요?"

"화정 옆 근처에 있는 **교회에요."

이래서 둘이는 교회 이야기, 울타리 이야기를 신나게 하다가 수원 역에 도착하였다. 내가 내릴 준비를 하는데 먼저 내리려고 통로에 늘어선 사람 가운데 키가 아주 작은 할머니가 우리를 향해 다부지게 한 마디 했다.

"소리 좀 낮추세요."

이크! 나는 부끄러워 찍소리도 못하고 머뭇거리다 할머니 뒤에 2번째로 일어서서 통로에 섰다.

차에서 내리면 시끄럽게 해서 죄송했다고 사과하려고 했는데--

차에서 내린 할머니는 엘리베이터 방향을 앞질러 갔다. 그러다가 내가 바로 뒤에 따르는 것을 알고 도망치듯 뛰듯이 부지런히 가더니 엘리베이터 앞 큰 기둥 뒤로 몸을 숨겼다.

그래서 사과할 생각으로 그리로 가자 할머니는 기둥을 돌아 내가 안 보이는 쪽으로 숨었다.

엘리베이터가 내려와 입을 딱 벌렸다. 내가 할머니를 불렀다.

"빨리 오세요."

그러나 할머니는 기둥 뒤에 숨어서 오지 않았다. 할 수 없이 몇 사람이 타고 올라왔다. 그리고 집을 향해 가면서 생각했다.

내가 무심결에 옆 사람과 이야기에 빠졌던 것이 큰 실수였다. 오죽했으면 할머니가 조용하라고 꾸짖었을까.

할머니는 아무래도 나보다 십년은 젊은 할머니 같았다. 나이가 문제가 아니다. 부끄러운 짓을 하면 아이들한테도 한 마디 들어야 하는 게 당연하니까.

그런데 할머니가 나를 피한 이유를 이제야 알 것 같다. 세상이 험하다 보니 내가 따라 내려서 따라가니까 혹시 자기한테 해코지하려도 따라오는 것이 아닌가 하여 달아나다시피 피하여 기둥 뒤에 숨은 것 같았다.

내가 얼마다 무서운 사람으로 보였을까?

죄송하다는 사과를 하려다가 오히려 오해만 받은 꼴이다. 할머니는 내가 사라지자 한숨을 쉬면서 이렇게 말했으리라.

"오휴우, 바른 말 한 마디 하고 죽는 줄 알았네."라고.

옆 사람 64

향수와 머리 좋은 여자

나는 날마다 타고 다니는 기차지만 대개는 그렇지 않은 승객이 많다. 여자들은 특히 곱게 차리고 나서서 그런지 차에서 보는 여자들은 모두 예쁘다.

오늘도 내 15번 옆자리 16번 석에 풋사과 향기 같은 아가씨가 앉았다. 인상이 아주 좋은 청순하게 보이는 사람이었다. 차가 떠나고 잠시 뒤에 뒷자리 19번 창가에 부인이 앉았고 그 옆 20번 석에 덩치가 큰 40대 중반쯤 보이는 사내가 앉았다.

잠시 후 듣자니 19번석 부인이 남자하고 무슨 말인가 속닥거리더니 고개를 내밀고 내 옆자리 아가씨한테 부탁하는 말을 했다.

"아가씨, 꼭 물어볼 말이 있어서 그러는데 내 옆자리 분하고 바꾸어 앉아 주시면 안 되겠어요?"

그 말 한 마디에 옆자리 아가씨가 일어섰다. 사과 향 같은 미녀가 떠나는 것이 아쉽기도 하고 뒷자리 부인이 무슨 말을 하려나 하고 호기심도 생겼다. 결국 내 옆자리 미인은 뒷자리로 가고 뒤에 앉은 사내가 내 옆으로 왔다.

그 사내가 옆에 쿵하고 앉는 순간 내 코에 돌연 비상이 걸렸다.

'이크! 이게 무슨 냄새야? 담배 냄새는 아니고 된장 같기도 하고 상한 생선 냄새 같기도 하고 김칫독 냄새도 같은데 이게 무슨 냄새야?'

나는 갑자기 머리에 회오리바람이 불어쳤다. 아주 요상한 냄새가 코를 점령하고 공격을 했다. 나는 당황했다.

'이걸 어쩌나? 어떻게 남은 시간을 보낼까? 적어도 10분은 더 가야 하는데 오오! 어디로 갈까? 기차 연결 승하차 계단으로 갈까?'

그렇게 뒤숭숭하게 고민을 하고 코를 창가에 들이대고 숨을 조심조심 쉬고 뭍으로 잡혀 나온 물고기처럼 할딱거리고 있을 때 사내가 슬그머니 일어서더니 1호차 밖으로 나갔다.

그 순간 얼마나 고맙던지!

'휴우! 살았다.'

냄새는 그 사람을 따라 떠났다. 그가 떠난 옆자리까지 차지하고 여유 있게 앉아 밖을 내다보자니 문득 잘 알고 지내던 여류 수필가의 수필이 떠올랐다. '향수'라는 제목이었다.

그녀는 여고 동창들과 경주여행을 떠나는 날 친구들한테 멋지게 보이려고 외국 여행할 때 사다 놓고 아까워서 안 쓰고 간직했던 세계적 최고급 향수를 뿌리고 나섰단다.

비싸고 좋은 향수라 머리, 겨드랑, 허리 곳곳에 뿌리고 새빨간 립스틱을 하고 큰일에나 입는 외출복을 입고 구두도 고급으로 멋지게 차리고 나섰단다.

한 삼십 명쯤 되는 친구들이 모두 잘 차리고 나왔는데 그 중에서도 그녀가 입은 옷이며 입술연지가 돋보여서 모두가 부러워하더란다. 그리고 45인승 차에 올라 앞자리에 앉으니 뒤에 있던 친구가 반갑다고 달려와 옆에 앉아 수다를 떨다가 바로 맨 뒷자리로 가더란다. 그러자 다른 친구가 날름 달려와 앉아 어쩌구 저쩌구 수다를 떨더니 뒷자리로 간 친구한테 할 말이 있다며 떠나더란다.

그러자 다른 친구가 또 와서 앉아 작가가 된 네가 부럽다는 등 칭찬을 째지게 하다가 뒤에 친구한테 할 말이 있다며 뒤로 달아나고 그렇게 이 년저년 와서 옷이 고급이라느니 입술이 곱다느니 어느 미장원에서 그렇게 머리를 잘했느냐는 둥 씨부렁거리다 곧 뒷자리로 달아나다 보니 앞쪽엔 자기만 남았더란다.

그런데 식당에 가서도 다른 년들끼리 몰려 앉고 자기 옆에는 아무도 안 오더라는 거다. 그뿐 아니라 서울로 돌아올 때도 아무도 곁에 오지 않아 혼자 왔고 여행도 외톨이가 되어 시시하고 재미가 없었다는 거였다.

친구들과 헤어져 집으로 가는 시내버스를 탔는데 옆 사람이 '이게 무슨 냄새야. 구역질나서 죽겠네. 창문 좀 열어놔요.'하는 소리에 그만 자기가 뿌리고 나선 향수냄새가 모든 사람을 쫓아버렸다는 걸 깨달았단다.

그러다 보니 버스를 타고 갈 용기가 없어서 차에서 내려 집까지 걸어가면서 하루를 망쳐놓은 향수에 이를 갈다가 집에 도착하자마자 "이놈의 향수 때문에 오늘 망쳤어!!" 하고 깨뜨려 휴지통에다 버렸단다.

그런데 퇴근한 남편이 들어오자마자 "이게 무슨 냄새야. 창문 다 열어 놓고 청소 좀 해!" 하더란다.

향수가 아무리 유명하고 좋다고 해도 남한테 피해주는 물건이 되기도 한다.

실은 나도 담배와 향수 냄새는 질색이다. 담배 피고 오는 사람이나 향수 뿌리고 온 사람은 상대하기를 꺼린다.

바로 내 뒷좌석에 앉은 부인이 냄새가 얼마나 싫었으면 그런 지혜를 짜냈을까? 그 여자는 머리가 매우 좋은 사람이다. 자기가 싫은 냄새 덩어리를 앞자리에 앉은 나한테 떠넘겼던 거다.

다행히 그가 자리를 떠나서 무사했지만 안 그랬으면 난 어쩔 뻔했을까?

아무리 좋은 향수라도 혼자 뿌리고 혼자는 즐기되 남 앞에서는 안 뿌리는 것이 좋으리라.

'사람도 나쁜 향수 같은 사람은 되지 말아야 한다.'

뭐 이런 시시한 생각을 하며 보낸 퇴근길이었다.

옆 사람 65

멋진 외모의 책벌레

오늘은 내 옆자리에 아주 멋진 젊은이가 앉았다.

내가 55번 석으로 다가가 보니 56번 석에 젊은 사람이 먼저 와서 앉아 책을 읽고 있었다.

내가 가장 보고 싶어 하는 장면이 책 읽는 사람 아닌가.

낯선 사람이지만 친밀감이 들었다. 1호칸 전체 72번석 차 칸에 70명이 모두 스마트 폰을 보는데 오직 한 사람만 책을 읽고 있으니 반갑지 않을 수가 없었다.

나는 자리에 앉자마자 젊은이에게 대뜸 말을 건넸다.

"무슨 책을 보시는지 참 보기 좋습니다."

젊은이가 책에서 눈을 떼고 대답했다.

"예, 이런 책입니다."

그가 내민 책은 표지가 새까만 바닥에 제목을 주황색으로 디자인된 볼륨이 야무지게 두꺼운 46판이었다.

"아, 좋은 책 같네요. 책 이름이 '백노와 박쥐'라 재미있네요. 판타지 같기도 하고 추리소설 같기도 한 느낌이 듭니다."

"어른신도 책에 관심이 많으신가 보지요?"

"매우 관심이 많은 편이지요. 그 책은 어떤 것인가요?"
"어르신이 보신 대로 추리소설입니다."
"그렇군요. 책을 많이 보시나 봅니다."

"예, 저는 주로 일본 작가가 쓴 추리소설을 많이 보는데 일주일에 두 세 권 정도 읽습니다."
"대단하시네요. 직장인이신가요?"
"예, 김포 공항에서 일합니다."
"그러시군요. 저도 김포공항에 관심이 많았었습니다."
"뭘 하시는데요?"

"직업은 출판이지만 이십 년쯤 전에 제 사위가 아시아나 직원으로 있을 때 덕을 많이 보았지요."
나는 그의 독서를 방해한 채 내 가방에서 〈울타리〉를 내보이며 말했다.
"혹시 이런 책 보셨습니까?"
"못 보았습니다. 처음 보는 건데요."
"책이 스마트 폰 비슷하지요?"
"그러네요."
"이건 스마트 폰에 빠진 사람들한테 책도 사랑해 달라고 호소하는 스마트 북입니다. 이 책도 읽어보실래요?"
"그냥 주신다고요?"
"물론이지요."
"그래도 책값은……."

"그 말씀이 책값보다 비쌉니다. 이 책은 제가 만드는 것이니까요."
"그러시면 한번 읽어보겠습니다."
그 젊은이는 울타리 목차를 보고 나더니 누에가 뽕잎 먹듯 책장을 넘기고 있었다. 상당히 빠르게 읽었다. 영등포역에서 수원에 도착하도록 읽더니 한 마디 했다.

"좋은 생각을 하셨습니다. 이 책 내용도 좋지만 이런 기획을 하셨다는 것이 더 훌륭하신 것 같습니다. 저도 늘 책을 읽으면서 모든 사람들이 스마트 폰에 매달려 있는 것을 보면서 이러면 안 되지 하는 생각도 했습니다."

"고맙습니다. 선생의 이름과 나이라도 알았으면 합니다."
"이름은 안*연이고 43세입니다."
"어디까지 가시나요?"
"신탄진까지 갑니다. 어디까지 가시나요?"

안내방송이 '수원역입니다. 내리실 분 준비하세요' 했다.
"저는 지금 내려야 합니다. 울타리도 읽으시며 편히 가세요."
나는 집으로 오면서 생각했다.
저런 사람들이 많아야 하는데……. 그런데 그 사람은 국내 작가 작품보다 일본 작가들의 추리소설류를 더 읽는다고 한 말이 마음에 걸렸다.

우리나라 작가들의 작품을 애독해 주어야 좋은 작가도 나오는 것인데 번역 서적만 읽어주니 노벨문학상 작가가 못 나오는 게 아닌가.

그러나 한국 작가들에게도 책임은 있다. 외국 작가를 능가하는 작품을 써내지도 못하면서 작가라고 이름만 거창한 사람들이 설치니 문제다.

이름 없는 나부터 부끄러운 존재다. 동화를 쓴답시고 흉내는 내지만 졸작 생산자이다. 언제나 제대로 된 작품 하나 세상에 내놓고 가게 될지 기약이 없다.

옆 사람 66
배꽃바다에 풍악놀이

옆 사람이란 기차 옆자리만 옆 사람이 아니다. 바로 이웃과 초등학교 동창들 모두가 옆 사람이다.

오늘은 70년 전 초등학교 동창 84세짜리 열두 명이 배꽃바다에서 풍악놀이를 했다.

모두가 6.25전쟁 때 못 먹고 못 입고 거지꼴로 살던 친구들이다. 40년 전에는 연락되는 친구들 40여 명이 모였는데 40년이 지나는 동안 타향으로 이사 간 친구, 아파서 못 나오는 친구, 세상 다 살고 산속으로 이사 간 친구들이 줄어들어 열두 명만 모였다.

70년 전에는 칡 캐먹고 소나무 껍질 벗겨먹고 산나물로 너나없이 거지꼴로 맨발로 학교 다니고 연명하던 친구들이 모인 자리에 선거도 없이 세운 친구가 회장을 맡아 여러 해 동안 수고했다.

오늘도 식당에서 식사하기 전에 회장이 광고를 했다. 오 아무개가 싱싱한 홍어회 한 짝을 보내왔고, 박 아무개가 20만원, 김광 아무개가 50만원, 또 누구가 30만원, 오늘 점심은 정 아무개가 내기로 했고 김아무개가 기념 떡 준비 등등, 그리고 식후에는 동물병원 김원장네 배 밭에서 즐거운 시간을 보내기로 준비했다는 광고였다.

40년 전 40대 때는 회비를 정하고 참석자가 회비를 내어 썼는데 그때는 회비가 부담되어 못 나오는 친구도 있었다. 그런데 언제부터인지 회비가 없어졌다.
80대가 된 친구들이 모일 때마다 서슴없이 돈도 내놓고 식대도 부담하고 유흥에 비용도 부담하는 친구가 늘어나 회비 없이 푸짐하게 먹고 즐기는 경로잔치 동창회가 되었다.

70년 전 거지꼴로 살던 우리가 지금은 모두 자가용차를 몰고 오고 선물도 준비해 오는 것을 보면서 격세지감을 느낀다. 이렇게 큰 변화를 누가 가져다주었나.

독재자라 비방 받는 이승만은 자유를, 독재자 소리 듣던 박정희는 보릿고개를 무너뜨리고 경부고속도로와 포항제철을 만들어 공업국의 바탕을 구축했고 겨우 자전거나 만들던 나라가 자동차를 생산하여 수출하는 중공업국의 기틀을 닦았다. 누가 독재자인가. 그런 독재를 함으로써 나라꼴이 된 것이다.

그리고 거지같이 살면서도 열심히 공부하고 새마을 운동과 산업전선에서 땀 흘린 우리들의 노력의 결과가 오늘의 풍요를 만든 것이 아닌가.

이승만, 박정희의 독재는 나라를 살리자고 한 독재였지 사욕을 채우려는 독재가 아니었다. 일부 안타까운 희생은 있었지만 그런 독재자를 원망만 할 것은 아니리라.

식사 후에는 안성배의 산출 본거지 안성시 양성면에 있는 동물병원 원장 과수원으로 이동, 새하얀 배꽃 바다에서 봄을 만끽했다.

6천 평 배꽃이 즐펀히 일렁이는 과수원 중앙에 그림 같은 집을 짓고 아름다운 꽃길과 정원을 꾸미고 사는 친구가 취미로 구비한 사물놀이 장구, 징, 꽹과리, 북 등을 하나씩 들고 카메라를 비치해 놓고 마당에서 2분씩 두 번 북, 장구, 징, 꽹과리를 치고 카메라 앞을 빙글빙글 돌며 사진을 찍었다.

우습기도 하고 재미도 있어서 한참을 두들기고 놀고 싶었지만 2분씩 두 번만 사물놀이를 해야 한다고 했다. 까닭은 근방에서 일하는 사람들이 들으면 오해도 하고 실례가 되기 때문이란다.

나도 일생에 처음으로 징을 들고 채를 두들겨 보았다. 2분간 두 번만 한 것이 아쉬웠다. 그런 놀이라면 열 시간도 하고 싶었다.

배꽃이 바다처럼 하얗게 덮인 속에서 백발 80대들이 아이들처럼 북치고 장고 치고 징 치고 하하대고 웃는 하루는 구름을 타고 배꽃 바다를 날아다닌 즐거움이었다.

옆 사람 67

되로 주고 말로 받기

전철은 전등이 밝아 책 읽기에 좋은데 기차는 실내조명이 어두워서 책 보기에 불편하다. 그런데도 내 자리 옆에 젊은 부인이 앉아 얌전하게 책을 읽고 있었다.

조명등이 약하여 책을 펴고 머리를 수그리고 들여다보며 펜으로 밑줄을 그어 가며 읽었다.

'야! 대단한 독서가가 나타났다. 무슨 책을 그렇게 열심히 읽고 있을까?'

나는 독서하는 사람만 보면 그가 무슨 책을 읽는지 알아보소 싶은 못된 습관이 있다. 그런 습관이 그 부인의 책이 무슨 책인지 궁금하여 참지 못하고 실례를 했다.

"방해해서 죄송합니다. 독서를 좋아하시나 봅니다."

얌전한 부인이 머리를 들고 대답했다.

"별것 아니에요."

"저는 책 읽는 사람만 만나면 아주 좋아합니다."

"그러세요?"

"저는 오랫동안 이 차를 타고 다니며 옆 사람이 책 읽는 분을 두 번째로 만났습니다."

"그분도 책을 좋아하시는 분이었던가 보지요?"
"예, 젊고 늠름하게 생긴 남자 분이었는데 김포공항에서 근무한다고 했습니다."
"그런 것까지 알아두셨나요?"
"저는 독서 권면을 하는 사람입니다. 그래서 이런 책도 만들어 옆 사람한테 드리지요."
그러면서 〈눈꽃 울타리〉를 건넸다. 부인은 웃으며 '저 주시는 거예요?' 했다.

"예, 책을 보는 사람을 만나면 반가워서 드리지요. 때로는 책을 싫어한다는 사람을 만나서도 주어 보면 대개 재미있게 읽는 것을 보았습니다. 실은 책을 좋아하는데 스마트 폰의 유혹에 빠져 있지요. 그러다가 책을 주면 기분 좋게 받아 읽는 것을 보면 얼마나 고마운지 모릅니다."

"좋은 생각을 하시는 것 같아요."
"그렇지요. 책과 스마트 폰을 비교하면 책은 조광지처 같고 스마트 폰은 여우같은 첩 같지요. 그래서 저는 '조광지처를 버리고 첩에 빠진 서방님'이라는 수필을 쓴 적도 있습니다."
"재미있는 비교네요."
"그런데 지금 보시는 책은?"

그분이 책을 내밀었다. 고급 양장 도서로 제목이 「살아남는 길」이었다.
"제목이 좋습니다."

"드릴까요?"

"아닙니다. 그럴 것까지는……."

말은 사양하면서 책을 받아들었다. 책을 좋아하고 사랑하는 나는 책 욕심도 많다.

"꼬마 책을 드리고 어른 책을 받아서 미안하고 고맙습니다."

책의 목차와 머리말을 보고 본문을 들여다보니 그분이 아랫줄을 그으며 읽은 곳이 여러 군데 있었다. 조명이 밝지 않은 차 속에서 언더라인을 치면서 읽던 책이니 좋은 책일 수밖에.

"어디까지 가시나요?"

"영동까지 가요."

"고향이신가요?"

"아네요, 남편이 직장 발령을 받은 곳이라."

"바깥어른이 선생님이신가요?"

"목사예요."

"그럼 사모님이시네요? 어느 교회신지요?"

"시조사라고 아세요?"

"예, 알지요. 청량리 부근에 있잖습니까?"

"예, 바로 아시네요."

차가 수원에 도착한다는 안내 방송이 나왔다. 나는 〈개나리울타리〉까지 내주며 말했다.

"이 책마저 드립니다. 독서를 좋아하시니 더 드리고 싶습니다."

울타리 두 권을 한 사람한테 주기는 처음이다. 나는 차에서 내렸고 무궁화호는 꼬리를 끌고 남쪽으로 떠났다.

* 〈그 후〉 어제(4.24) 누가 보냈는지 모르는 택배가 왔다. 이*혜라는 발송인 이름이 있었다. 박스를 열어보니 시조사 발행 특집 시리즈 10권짜리 양서 전집이었다.

그 사모님이 보낸 것임을 알았다. 울타리 두 권 주고 전집을 받았다. 내용들이 다 좋은 책이라 하나씩 읽어보리라 생각하고 박스에 있는 핸드폰을 연결하여 그분을 전화로 만났다.

그분도 울타리를 재미있게 읽으며 영동까지 갔다고 하며 보낸 책도 잘 읽어보라는 인사였다.

기차를 타고 다니다 보면 참 좋은 분들과 동석하는 기회가 있어 즐겁다.

옆 사람 68

귀여운 아가씨와 돌하루방

지난 주일에는 5일간 약속이나 한 듯 날마다 옆자리에 예쁜 여자들이 와 앉아서 좋았는데 이번 주일에는 반대로 5일간 날마다 남자들이 와 앉아서 덜 좋았다.

여자들 셋은 꽃 같고 아름다운 향기가 나는 것만 같은데 남자들은 아니다. 옆자리 남자 중 세 사람이 기억에 남는다. 한 사람은 70대 가까이 보였는데 꽃무늬 운동모자를 쓰고 울긋불긋한 차림이었다. 그 사람은 옆자리에 비스듬히 앉더니 왼쪽 손을 내 궁둥이 밑으로 밀어 넣고 내릴 때까지 빼지를 않는 것이었다. 그것 참 이상한 사람이었다.

또 한 젊은이는 덩치가 이용식같이 큰데 마치 제주도 돌하루방같이 무뚝뚝하게 버티고 앉아 내가 내릴 때까지 꿈쩍 않고 내가 앞을 지나가도 버티고 길을 막고 앉은 돌하루방.

내가 바위하고 앉았었나?

또 한 사람은 여자보다 예쁘게 생긴 총각이었다. 첫인상이 좋았다. 동그란 볼도 귀엽고 머리 이마 위로 꼬부라진 머릿결도 멋졌다. 그 청년을 보면서 이게 여자인가 남자인가 살피다가 말 한 마디 못 나누고 수원 하차.

바면 전주일 옆자리에 앉은 아가씨는 쏙 빠진 미모는 아니었지만 정이 가는 다정하고 귀여운 아가씨였다. 나이가 스무 살쯤일까? 아니면 스무 살 아래 열여덟? 매우 어린 티가 나서 어디까지 가느냐고 물어볼 생각이었는데 어떻게 물어야 좋을까 궁리를 했다.

"어디까지 가니?" "어디까지 가아?" "어디까지 가나?" "어디까지 가시나?" "어디까지 가시오?" "어디까지 가시나요?"

어린 아가씨한테 어떤 용어가 적정할까 생각하다가 결국은 '시'자를 끼워 넣기로 했다.

"어디까지 가시나요?"

그랬더니 아가씨 겸손하게.

"저 아직 어려요."

"그게 무슨 뜻인가요?"

"아니에요. 저한테 '시'자는 안 쓰셔도 되어요. 어디까지 가나요 하시면 돼요."

"그래요? '시'자가 부담스러운가요?"

"네. '시'자는 경어잖아요."

"그러네요. 시자를 넣어 경어가 되는 말이 뭐가 있을까요?"

"오서 오게, 어서 오시게도 있고……."

"그러네요. 음식을 이것 좀 들게, 드시게. 잘 노네, 잘 노시네. 어서 오게, 어서 오시게……."

아가씨가 재미있게 웃으며 다른 말 하나 더.

"잘 가게, 잘 가시게. 왜 오나, 왜 오시나. 그림 잘 그리네, 잘 그리시네……."

'시' 자 하나 더함으로 경어가 되는 말이 많았다. 아가씨는 정말 귀여웠다. 내릴 때가 다 되어 물었다.

"지금 어디를 가시나?"

"어디를 가나 하고 물으셔야지요. 저는 화성까지 가요."

"화성 어디인가?"

"화성에 향남이라는 촌이에요."

"나도 수원에 붙은 화성에 사는데, 향남이 어딘가?"

"수원에 붙은 화성과 제 고향 화성의 향남은 멀어요. 왜 그걸 모르세요?"

"미안해요. 내가 이리로 이사 온 지 1년밖에 안 되어 수원에서 서울만 오가다 보니 화성은 모르고 오목천역만 알아요. 아가씨도 서울로 출퇴근을 하시나?"

"네. 상암동 디지털 단지에서 근무해요."

"그럼 나보다 더 먼 거리를 출퇴근하네요?"

"그런 것 같아요."

그렇게 웃으며 이야기하다가 차에서 같이 내렸다. 아가씨는 향남가는 버스를 탄다고 왼쪽 길로 가고 나는 우측으로.

무엇을 하는 아가씨인지 모르지만 '시'자 넣고 말하기에 능란했던 것을 보니 나 같은 직업이거나 아니면 취미가 아닌가 싶었고.

말에 '시'자 하나 더 넣는 것이 얼마나 아름다운 것인가를 생각하는 하루였다. 오늘은 내가 화성 토박이를 만났던 거다.

화성 토박이 서유진을 만나다 / 우리말에 '시'자가 주는 가치

옆 사람 69

고약한 사람 고마운 사람

전 주일에도 그러더니 이번 주일에도 옆자리에는 아가씨도 아줌마도 얼씬 않고 남자들만 와서 쿵쿵 엉덩이를 박고 앉아 죽어라 하고 스마트폰만 보았다.

너무 열심히 보고 있어서 누구한테도 말을 걸 수 없었지만 걸고 싶지도 않았다.
모르는 사람이 말을 걸 때는 상대가 마음에 들 때이고 누구나 낯선 사람이 말을 걸어올 때 마음에 안 들면 대답하지 않는 것이 내 성격이다. 싫은 사람하고 말하고 싶은 사람은 없으리라.

이번 주 수요일이다. 옆자리에 남자들만 지겹게 꼬여들었는데 그 가운데 이상한 사람이 있었다. 차가 떠날 순간 덩치가 코끼리만한 사람이 와서 쿵하고 앉았다. 그 사람이 앉자마자 내 코에 비상이 걸렸다.

'이크! 이게 무슨 냄새야? 비릿하기도 하고 밥솥에서 나는 이상한 냄새도 같고, 아이고 난 죽었다.'
그 사람은 다리를 쩍 벌리고 비스듬히 자리를 잡고 스마트 폰에 빠졌다. 서울역에서 안양역까지 그렇게 앉았는데 냄새를 이기지 못해 목을 돌리고 코를 막기도 하며 고문을 당했다.

"아이고, 무려 20분을 참았고 수원까지는 아직도 10분은 더 가야 하는데 뛰어내릴 수도 없고 ㅇㅇㅇㅇ."

이때 안양 역에서 사람이 통로로 걸어오더니 내 옆자리에 섰다. 그러자 냄새덩어리가 벌떡 일어섰다. 이게 어떻게 된 일이야? 하고 바라보니 순간 악취덩어리가 입구 쪽으로 가고 인상이 괜찮아 보이는 사람이 옆자리에 앉았다.

나는 해방감에서 얼마나 기분이 좋았는지 새로 온 사람한테 다짜고짜 물었다.
"어디 갔다 이제 오시오?"
"예. 거래처하고 전화할 일이 있어서 승차대 입구에서 전화를 하고 오느라 늦었습니다."

나는 기분이 좋아서 인사했다.
"감사합니다. 이렇게 동석해 주셔서 감사합니다."
"무엇이 그렇게 감사하십니까?"
"그런 게 있습니다. 물에 빠졌을 때 지나가던 사람이 건져주면 뭐라고 하겠습니까."
"물에 빠지셨던 건 아니지 않습니까?"
"아닙니다. 가스통에……."

그 냄새 통은 입석표였던 거고 주인은 바로 이 사람이었던 것도 확인하고 그럭저럭 도착 시간이 다 되었다. 내가 〈개나리 울타리〉를 내주며 말했다.

“고마워서 드립니다. 이 책 가면서 읽으시면 좋습니다.”
“그냥 주시겠다고요?”
“예, 고마워서 드립니다. 목적지까지 가시는 동안 읽어 보세요.”
“감사합니다. 잘 읽겠습니다.”

시간이 촉박하여 어디까지 가느냐고 물어보지도 못하고 내렸다. 그 사람은 울타리를 든 채 고맙다고 일어서서 굽실거리며 인사까지 했다.

나는 울타리를 주면서 맘속의 고마움을 표시한 것이 흐뭇했다. 보잘것 없는 소책자라도 가지고 있어서 감사의 인사를 한 것은 참 다행이었다.

가끔 모르는 사람한테 호의를 받았을 때 무엇이든 있으면 사례하고 싶을 때가 있다. 그럴 때 줄 것이 없어 맨주먹으로 인사만 하고 돌아서면 뒤통수가 근지러울 때가 있다.

그런데 울타리라도 가지고 있다가 사례할 수 있어서 다행이었다.

그분은 내가 왜 고맙다고 좋아했는지 궁금할지도 모른다. 하지만 그래도 작은 감사의 선물을 받아 기분 좋게 여행하며 책장을 뒤적거릴 것이라고 생각하니 기쁘다.

옆 사람 70

책갈피에 50000원

3주 전에 올린 옆 사람 64에 이런 대목이 있다.

"좋은 생각을 하시는 것 같아요."

"그렇지요. 책과 스마트 폰을 비교하면 책은 조광지처 같고 스마트 폰은 여우같은 첩 같지요. 그래서 저는 '조광지처를 버리고 첩에 빠진 서방님'이라는 수필을 쓴 적도 있습니다."

"재미있는 비유네요."

"그런데 지금 보시는 책은?"

그분이 책을 내밀었다. 고급 양장 도서로 제목이 「살아남는 길」이었다.

"제목이 좋습니다."

"드릴까요?"

"아닙니다. 그럴 것까지는……."

말은 사양하면서 책을 받아들었다. 책을 좋아하고 사랑하는 나는 책 욕심도 많다.

"꼬마 책 〈울타리〉를 드리고 어른 책 〈신국판〉을 받아서 미안하고 고맙습니다."

받아 든 책의 목차와 머리말을 보고 본문을 들여다보니 그분이 아랫줄을 그으며 읽은 곳이 여러 군데 있었다. 조명이 밝지 않은 차 속에서 언더라인을 치면서 읽던 책이니 좋은 책일 수밖에.

"어디까지 가시나요?"

"영동까지 가요."

이렇게 하여 목사 사모님한테 〈살아남는 길〉이라는 책을 받아 들고 집으로 와서 책장에 꼽아 놓고 난 다음 날이다.

낯선 전화가 왔다.

그분은 울타리 판권에 있는 전화번호를 보고 내게 전화를 한 것이다.

"어제 드린 책 속에 혹시 뭐 들은 게 없었나요?"

나는 책속에서 아무것도 보지 못하였기에 "아무것도 없었습니다."했더니, 그쪽에서 '죄송해요'하고 전화를 끊었다.

그리고 2주일이나 넘은 뒤, 교회에 다녀와서 그 책을 읽으려고 책장에서 책을 뽑아 몇 페이지 읽다가 깜짝 놀랐다. 책갈피에 5만 원짜리 한 장이 꼭 꼽혀 있었다.

나는 당장에 그 날 걸려온 전화를 찾아 걸었다. 주일이라 안 받았다. 교회일이 바쁜 것 같아 끊고 다음 날 아침 8시 30분에 전화를 했다.

"죄송합니다. 사모님이세요?"

"누구신가요?"

"며칠 전에 책 받은……."

상대가 금방 알아채고 반갑게 인사를 했다.

"아, 울타리 선생님이시지요?"

"네. 제가 책을 읽다 보니 그 속에 돈이 들어 있었습니다."

"그러세요? 돈이었군요. 딸애가 거기다 뭘 넣었다고만 하여 무슨 소린지 몰랐는데 알고 보니 엄마 용돈이었다고 하더라고요."

"미안합니다. 전화하실 때 돈이 없었던가요? 하셨으면 금방 확인하였을 텐데 뭘 못 보셨나요? 하시어 별 것 아닌 줄 알고 못 봤다고 건성 대답을 했더니 돈이 책갈피 속에 꼭 숨어 있어서 그만……."

"감사합니다. 찾으셨군요."

"네, 은행 계좌를 이 번호에 문자로 넣어 주세요, 곧 보내겠습니다."

그분은 아주 감격스런 목소리로 전화를 받았다. 그렇게 하여 돈을 송금하고 생각했다.

그분이 뭘 보지 못했느냐고 물었을 때 아무것도 없었다고 대답하는 소리를 듣고 얼마나 실망했을까. 아무것도 없다며 돈을 챙기고 시치미를 뚝 떼는 뱃속 검은 사람이 아닌가 하고 의심을 했을지도 모른다.

돈이면 도둑질도 하는 세상에 굴러들어온 돈이야 입 싹 닦고 쓰면 그것으로 끝나는 것 아닌가.

상대는 당분간 이렇게 생각했을지도 모른다.

'양심도 없는 인간, 보기는 멀쩡한데 돈 앞에서는 양심도 속이는 인물이었잖아?' 하고 실망에 실망을 거듭했을 수도 있는 것이다.

이제부터 누가 선물을 주면 거기 무엇이 붙었는지 살펴야 하겠다. 나를 시험하려는 비밀이 있는지, 자기를 알아보라는 암시가 있는지, 아니면 실수로 다른 사람한테 줄 선물을 나한테 준 것은 아닌지 인생을 돌다리 짚고 건너듯 살아야겠다.

옆 사람 71

남자가 아니잖아! 인간이 먼저 되어라

서울역 출발 16시 9분 차 출발 10분 전.

내 옆자리에 청바지 상하의에 까만 운동모자를 쓴 젊은이가 급히 오더니 종이 백을 던지듯 툭 던져놓고 핸드폰을 귀에 댄 채 승강대유리문 밖으로 나갔다.

매우 급한 전화를 할 일이 있나 보다 생각하고 종이 백을 힐끔 보니 무엇인지 가득 들었다. 차 떠나기 10분 전에 나간 사람이 차가 떠나고 20분이 지난 영등포 역에서도 돌아오지 않았다.

이 사람이 어떻게 된 거야? 입석표 승객이 와서 자리를 들여다보고 지나간다. 혹시 빈자리가 아닌가 해서다. 그럴 때 이 청년이 오지 않으니 안타까웠다.

종이 백을 놓고 어딜 간 거야?

차가 안양역을 지났을 때 새까만 모자에 하얀 영문자가 쓰여 있는 모자의 주인이 들어왔다. 그가 자리에 앉으려고 할 때 내가 고개를 들고

"어딜 갔다가 이제……."

하고 물으려다 상대의 눈과 마주쳤다. 예쁜 여자 눈이었다.

'이 사람, 남자가 아니잖아?'

그래서 물었다.

"남자요? 여자요?"

상대가 겸손히 인사 겸 대답했다.

"죄송해요. 급한 전화가 있어서 밖에 나가서 전화를 하고 오느라고……."

목소리도 얌전하고 맑고 갸름한 얼굴에 몇 개의 죽은깨가 있어 더 예쁘게 보이는 여자였다.

"난 남자인 줄 알았습니다. 목소리와 얼굴을 보니 여자시군요. 어디까지 가시나요?"

"평택까지 가요. 아이들이 거기서 기숙을 하고 있어서 몇 가지 가져다 줄 것이 있어서 가는 길이에요."

"서울 사시는군요."

"예, 방배동에 살아요."

"거기 부자 동네지요?"

"남들은 그렇게 말하지만."

"부자들은 책을 안 보지요?"

"그렇지 않을 거예요."

내가 가방에서 〈개나리 울타리〉를 꺼내어 내밀었다.

"이런 책 보셨나요?"

"못 본 책인데 휴대하기 좋게 작고 예쁘네요."

"모양만 예쁜 게 아닙니다. 독서 좋아하세요?"

"네. 저는 시간 날 때 독서를 해요. 보실래요. 제 가방은 책이 주인이에요."

"그렇습니까? 내 책 받으시고 그 책도 보여주실래요?"

젊은 부인은 가방에서 스님이 쓴 명상록을 내밀었다.

"스님이 쓰신 책이네요. 불교신자신가요?"

"아니에요. 전 기독교신자입니다."

"그런데 스님이 쓴 책을?"

"이 책 저 책 읽다 보면 종교와는 상관없이 명상할 수 있는 수양서적이 손에 잡히더라고요."

"좋은 취미를 가지셨네요. 얼굴도 고우시지만 마음은 더 고우십니다. 제가 드린 책은 명상하고는 거리가 먼 세상 이야기입니다."

부인은 울타리 목차를 들여다보더니 내가 쓴 '발행인이 드리는 말씀'을 차분히 읽고 나서 말했다.

"이 발행자 말씀이 옳아요. 우리나라는 스마트 폰 때문에 사람들이 책을 안 읽어요. 지금은 이런 분도 있어야 해요."

이렇게 몇 마디 하는 사이 10분이 지나고 나는 수원서 내리고 젊은 부인은 평택으로 향했다. 무슨 이야기든 더 나누고 싶었지만 야속한 시간이 허락지 않았다.

인상 좋은 예쁜 부인이 인사를 얌전하게 했다. 나는 인사를 받고 차에서 내려 돌아오며 생각했다.

부인이 '이런 분도 있어야 해요' 하는 한 마디.

아! 얼마나 감격스럽고 소중한 소린가.

나는 그 자리에서 '내가 그 머리말을 쓴 발행인이요' 하고 싶었지만 입을 다물었다. 그러면 그분은 나한테 실망하여 감정이 상할지도 모른다고 생각되어서였다.

'이런 글을 쓴 사람이 겨우 이렇게밖에 안 돼?'

하고 실망한다면 어떻게 되겠는가!

'독자는 글 쓴 사람을 몰라야 한다'

나는 이런 생각을 평소에 해 왔다. 글로 보면 작가가 매우 훌륭한 인물로 존경됐는데 작가의 실상과 행동거지나 외모를 보고 실망한 경험이 있기 때문이다.

글 쓰는 사람은 삶이 바로 그 글이 되어야 한다.

인간성이 개 같은 인물이 입만 열면 남보고 '인간이 먼저 되라'고 어쭙잖은 충고를 하는 사람을 보아서 하는 말이다.

옆 사람 72

제비 손톱 미녀

서울역 16시 9분 발 무궁화호는 늘 16시가 차야 오는데 오늘은 내가 착각을 하여 15시 40분에 역으로 갔다.

출발 30분 전인데 웬일로 차가 대기하고 있었다.

그래서 1호자 15번석에 승차하여 보니 불도 안 켜고 컴컴하고 텅 비어 있었다. 어쨌든 앉아서 기다리기로 하고 있는데 바로 옆자리에 제비 같은 아가씨가 날아와 가만히 앉았다. 이 아가씨도 시간 착각을 하고 일찍 나왔던 것 같다.

텅텅 빈 차 안에서 둘이만 앉아 있으니 이상하기도 했다. 곁눈질로 보니 앉은키가 크고 까만 테 안경에 새까만 벙거지 모자를 푹 눌러 썼는데 이상하게 국제 분위기를 주었다. 둘이만 머쓱하게 있기도 그래서 내가 말을 걸었다.

"아가씨는 어디까지 가나요?"

"영동까지 가요."

대답 소리가 어렸다.

"대학생인가요?"

"아니에요. 열아홉 살 고3이에요."

"고등학생이라고요?"

"네. 영동에 있는 이**고등학교예요."

"학생이 왜 학교는 안 가고 이 차를 탔어요?"

"비밀이어요."

"비밀이라니, 책 읽기는 좋아하나요?"

"별로요."

나는 〈개나리 울타리〉를 내밀며 말했다.

"이 책 한 번 읽어 볼래요?"

"네. 감사해요."

아가씨는 두 손으로 책을 받아들었다. 그런데 손톱이 나를 놀라게 했다. 양손 손톱이 지금까지 보지 못한 굉장한 작품이었다. 나는 호기심이 어린애 같아서 못 참고 물었다.

"이 손톱 진짜인가요?"

"네."

"이렇게 긴 손톱을 어떻게 만들었나요?"

"관리가 힘들어요."

아가씨가 마스크를 벗고 얼굴을 보여주었다. 얄상한 미인이었다. 아가씨가 예쁘게 웃으며 물었다.

"이 울타리 저한테 거저 주시는 거예요?"

"그래요. 그 대신 손 사진을 찍었으면 좋겠는데 괜찮아요?"

아가씨는 울타리 옆에 손을 쫙 펴 내밀고 말했다.

"이렇게 하면 되지요? 사진 찍으세요."
"고마워요."
나는 폰으로 사진을 찍고 또 물었다.
"얼굴도 찍고 싶은데?"
아가씨가 웃으며 손을 저었다.
"지금은 사진 찍으면 안 예뻐요. 오늘 성형외과에서 치료 받고 오는 길이에요."

그러면서 볼을 손가락으로 가리켰다. 하얗고 보드라운데 무슨 성형이야? 그러면서 내가 얼굴을 만져보았다. 아무렇지도 않았다. 낯선 아가씨 얼굴 쓰다듬어 보기는 처음이다.

나는 아가씨 손을 들여다보았다. 손톱이 길기만 한 게 아니라 거기에 무슨 다이아몬드 같은 것도 붙어 있었다. 신기하기도 하여 손 좀 만져봅시다 했더니 손을 내밀었다. 야들야들하고 부드러웠다.

"손이 참 부드럽네요."
아가씨도 웃으며 대답했다.
"선생님도 손이 저만큼 부드러우신데요."
이렇게 이야기를 하다가 물었다.
"아버지가 몇 살인가요?"

"오십대 중반이에요. 저는 아직 나라가 없어요."
"그게 무슨 말?"

"저는 태국서 나서 일곱 살 때 우리나라에 왔는데 내년에 국적을 정해야 해요. 스무 살이 되면 태국이든지 한국이든지 나라를 정해야 해요."

나는 처음으로 들어보는 소리였다. 그래서 또 물었다.

"아버지는 뭘 하시나요?"

"이런 차 기관사예요."

"기관사, 아주 멋진 아버지를 두셨네요. 나도 한번 기관사가 되어 이런 차를 몰아봤으면 하고 생각한 적도 있어요."

그러는 사이 손님들이 앞뒤로 가득 차고 출발 시간이 되었다. 너무 재미있어서 반시간이 금방 지나가고 차가 출발했다.

"아가씨는 코레일 가족이라니 무료 승차지요?"

"예, 아무 차나 공짜예요. 그런데 지금은 공짜가 아니에요."

그러면서 차표를 내보였다.

서울서 수원 1호칸 16번 석.

수원서 영동까지 3호차 55번석.

차표가 둘로 된 것도 처음 본다.

"왜 공짜가 아니고?"

"그게 비밀이에요. 저 오늘 서울 왔다 가는 거 아빠가 아시면 안 되기 때문에 표를 샀어요."

내가 울타리에다 증정 사인을 해주었다.

'2023년 5월 15일 / 민**에게 주다'

차가 수원역에 도착할 동안 나는 창밖을 보았고 아가씨, 아니 학생은 울타리를 읽고 있었다. 수원역서 학생은 3호 칸으로, 나는 하차 계단을 내리며 아쉬운 눈길을 나누고 헤어졌다.

20세가 되면 국적을 정한다니? 처음 들어보는 소리다.

태국서 *살까지 살았다면 엄마가 태국 사람인가? 태국서 났으니 태국 국민 자격도 될 것 같고 한국서 성장하여 학교를 다니고 있으니 한국인 자격도 될 것 같다.

부모 몰래 서울까지 와서 성형수술을 했다는데 그래서 예쁘게 보인 것일까?

본래 주걱턱? 새우 눈? 납작코? 언청이? 광대뼈?

얼굴 어디를 고쳤을까?

어딘지 이국적 분위기를 풍겼지만 매우 예쁜 얼굴이었다.

옆 사람 73
동창은 그런 거여 하하하

인생열차엔 모두가 옆 사람

1955년 전쟁의 상처 속에 포탄에 맞아 깨져서 유리창도 책걸상도 없이 깨진 마룻바닥에서 공부한 초등학교 동창들이 70년 만에 오산 물향기 수목원 숲속에서 우정의 경로회를 가졌다.

최연장자는 87세
최연소자는 82세
82세 어린 것이 87세 어른한테
이놈 저놈 반말해도
동창은 그런 거여
좋아좋아 허허허

60대 팽팽할 땐
자가용차 몰고 뽐내고 달리던 녀석들
운전이 무섭다고
전철로 느릿느릿

젊어서는 너도나도
자식자랑 사업자랑

끝없던 레퍼토리 종치고
황혼에 찌든 얼굴
추억마저 아련한 경노 동창회

84세 녀석은 왼쪽 귀만 들린다고
오른 귀로 돌려 대고
83세 녀석은 오른 귀가 나쁘다고
왼쪽 귀로 돌려대고
82세 녀석은 양쪽 모두 나쁘다고
쌍 보청기 꺼내놓고
돌아가며 줄줄이 보청기 구입 자랑
청각장애 녀석은 15만원에 했다는데
반 귀머거리 녀석은 300만 원 줬다고
엉거주춤 녀석은 150만 원 어쩌고
모두가 내놓은 보청기 전시장
자랑인가 탄식인가?

보청기 끝나고 눈으로 연결.
백내장 수술해도 뿌옇다고 불평
안경 없인 못 산다고 안경타령 신세타령
팔팔하던 다리가 어기적어기적
쨍쨍하던 허리 굽고 엉금엉금 거북이
그래도 파안대소 소리만은 천둥소리
아직은 살았다고 활개를 친다

다 산 인생 남길 건 유언장 한장
건강할 때 해두라고 유언장 권고
죽을병이 걸리거든 연장치료 말라고
장사는 나무 아래 수목장을 해달라고
장사까지 제 손으로 마련하고 가란다

늙어 보니 학교 아닌 요양원이 기다리고
요양원 들어가면 살아나올 생각 말고
거기서 잘 죽으면 호상이라고
실버타운 보증금 6억에 300만 원
요양병원 보증금 5천에 200만원
굶어가며 모은 재산
누구는 실버타운
누구는 요양원
감옥 같은 거기 갇혀 살다 가는 거란다

성경에 천명(天命)은 70이라 했는데
80넘겨 누렸으니
언제 가도 좋다면서
그래도 장수 욕심 못 버리고 보약 찾고

100살 넘은 동창회엔
몇 명이나 모일까?

옆 사람 74

증조 할배의 한국말 자랑

나는 증손녀를 본 증조할배입니다. 이 글을 보시는 분 가운데 증손까지 본 분은 많지 않을 것으로 믿고 내 이야기를 합니다.

내 외손자(이성훈)는 29세로 네덜란드에서 국비로 델프트공대 대학원까지 하고 스페인의 인공지능학으로 유명한 대학에서 AI박사가 되었고 그 처는 벨기에 아가씨(시니타)인데 결혼하여 딸을 낳았습니다.

손자며느리 시니타는 벨기에 출생으로 네덜란드에서 일류로 꼽히는 라이덴국립대학에서 외국어 선택을 한국어(네덜란드에서는 한국어와 한글이 인기라 수강 신청자를 다 수용하지 못함)로 하여 몇 년 전에 숙명여대에서 1년간 어학연수를 하고 돌아가 대학원을 마치고 벨기에에서 은행에 입사하고 결혼을 했습니다.

내가 그 아이 자랑을 하려고 하는 것이 아닙니다. 시니타가 한국어를 아주 잘한다는 평을 받고 우리가 모여도 언어에 불편한 것을 모를 정도로 우리말을 잘합니다.

그래서 한 달 휴가를 내어 손자 부부가 와서 우리 집에서 식사를 하고 난 다음 차를 마시며 내가 여담을 시작했지요.

"시니타, 한국말 많이 알지?"
"한국말 배울수록 힘들고 어려워요."
"그래서 한국말과 한글이 세계적으로 유명한 거야. 내가 묻는 말에 대답해 볼래? 이런 질문은 대학원에서도 안 하는 문제야."

"어려운 말은 문제 내지 마세요."
내가 머리통을 가리키며 물었습니다.
"아주 쉬운 말이야. 이 머리 알지? 머리라는 말 말고 또 다르게 부르는 말 아나?"
"그런 것도 있어요?"

"있지. 머리는 일상어이고 막말로 대가리란 말이 있어."
시니타가 눈을 동그랗게 뜨고 반문했습니다.
"대가리요? 대가리 싸운다는 말이 있던데……"
"그래 맞아, 하나 더 이마를 알지?"

"네. 눈 위에 여기예요."
"이마도 막말로 마빡이라고 해."
"마빡이요? 호호호."
"눈의 또 다른 막말을 아나?"

"눈도 막말이 있어요?"
"있어. 눈깔이라고 해."
"눈깔이요? 호호호."

"코도 알겠지? 코를 막말로 뭐라는지 아나?"
"콧구멍이에요. 그건 알아요."
"틀렸어. 코빼기라고 하는 거야."
"코빼기요? 빼기는 마이너스인가요?"
"그런 빼기가 아니고 막말이 코빼기야. 얼굴의 볼은 막말로 뭐라고 하지?"

"안 배워서 몰라요."
"볼때기, 볼따구니라고 해, 그 다음, 입은 알지?"
"네, 입에도 막말이 있어요?"
"입에는 더 많아. 입, 주둥이, 아가리 이렇게 셋이나 있어."
"입에 왜 막말이 그렇게 많아요?"

"보통 밥 먹고 말하는 것은 입이라고 하다가 수다를 많이 떨고 나불거리면 주둥이라고 하고 그러다가 입으로 욕을 하든지 못된 소리를 하면 아가리라고 천하게 부르는 막말이지. 목은 뭐라는지 아나?"
"목에도 막말이 있어요?"
"모가지라고 하지."
"모가지요? 한국말 정말 어려워요, 그런데 왜 그렇게 말이 하나만 있지 않고 많아요?"

나는 그 아이 질문을 받고 우리말에 평어와 막말과 천대하는 비속어가 왜 생겼을까 하고 생각하다가 나 나름대로 이런 정리를 해보았습니다.

신체 호칭의 3단계

0%평어	50% 막말	100%천한 말
머리	대가리	대갈통
이마	마빡	이마빼기
눈	눈깔	눈통이
코	코빼기	코쭝배기
턱	턱주가리	턱주갱이
볼	볼때기	볼따구니
입	주둥이	아가리
목	모가지	

종이에 이렇게 써놓고 내 나음대로 설명을 했는데 너무 길어서 여기에서는 이만 줄이기로 합니다.

기회가 나면 우리 말 3단계가 왜 생겼는지 내 소견대로 창작 해설을 한 번 올려 보겠습니다.

그 아이 시니타는 네덜란드에서 배우고 여기까지 와서 어학당에 가서 공부를 했지만 우리말의 30%나 알았을까 싶습니다. 그래도 벨기에 은행에서 한국 사람을 만나면 친절하게 안내를 해 준다니 고맙지요.

내 자랑이 아닙니다. 우리말을 그 아이를 통하여 새롭게 생각을 하게 되어 적어 둔 것입니다.

옆 사람 75

나는 일본사람이에요

어제 16시 09분 부산행 1219호 1호간 7번석.

내가 자리에 앉자마자 여자 둘이 와 통로에서 속닥거리더니 한 처자가 하얀 가방을 내 옆에 놓고 아무 말도 없이 앞 칸으로 갔다.

내 옆에 가방 놓고 자리를 뜨는 사람이 다섯 번째다. 다 그렇게 아무렇지도 않게 옆에 두고 가서 한동안 있다가 돌아왔다. 어제도 그녀가 가방을 남겨두고 가서 20분이나 오지 않았다.

이상한 사람들이다. 내가 누군지도 모르면서 가방을 두고 돌아다니다 오다니!

젊은 처자는 안양역을 지날 때 돌아왔다. 나는 전에도 그랬지만 그들한테는 어디를 갔다가 이제 오느냐고 집 지키던 사람처럼 물었다. 그녀는 상냥히 숙이고 대답했다.

"미안해요. 고향 언니하고 차를 같이 탔는데 언니 자리가 앞 칸이라 거기서 이야기하고 왔어요."

그러더니 옆에 두었던 가방을 좌석 앞에 발 올려놓는 발걸이에다 가방을 매달아 놓으려고 끙끙거렸다. 보다 못한 내가 말했다.

"이리 주어요. 내가 들어드릴게요."

"고마워요."

이 사람은 등에 메고 다니던 큰 가방을 내려 들고 앉았다. 그리고 방시시 웃었다. 나도 마주 웃어 보이며 물었다.

"책 읽기 좋아하시나요?"

"안 좋아해요."

이럴 때 나는 물러나지 않는다. 실망스런 대답에 도전하는 거다.

"이 책은 책을 싫어하는 분들을 위해 특별히 만든 책이에요. 싫어도 드릴 테니 한번 읽어 보실래요?"

그러면서 〈울타리〉를 내밀었다.

"그냥 주시는 거예요?"

"예, 전도지는 아니니까 읽어보세요."

이 여자는 싫다고 하더니 책을 펴들고 맨 앞에 발행인이 드리는 말씀을 꼼꼼히 읽었다. 나는 그것이 맘에 들었다. 그녀는 다 읽고 나서 말했다.

"발행인의 말씀이 우리나라에 꼭 맞는 말씀이에요."

"그래요?"

그런데 '우리나라'라는 말을 하는 것에 뉘앙스가 있어서 내가 엉뚱한 질문을 했다.

"어디까지 가시나요?"

"조치원까지 가요. 세종시예요."

"미안하지만 성씨가 어떻게 되시나요?"

약간 주저하더니 대답.

"저 일본 사람이에요."

"일본이라고요? 우리말을 아주 잘하시는데 정말 일본 사람 맞아요?"

"네. 제 성은 다카하시예요."

"다카하시? 한자로 어떻게 쓰나요?"

그녀는 내가 내민 수첩에다 한자로 고교(高橋)라고 또박또박 써주었다. 필체가 세련되고 명필이었다. 고등교육을 받은 사람이라는 걸 느끼며 물었다.

"필체가 아주 좋아요. 우리나라에 몇 년 살았나요?"

"스물일곱에 한국 남편하고 결혼하고 15년 살았어요. 지금 42세예요. 아이들이 셋이에요."

가만히 얼굴을 살폈다. 30대로 보이는 젊은 사람이었다. 그도 나를 바라보다가 말했다.

"저는 안산에 오래 살다가 천안으로 가서 몇 년 살다 세종시로 이사하는 동안 전철만 타고 다녔어요. 이런 차는 처음 타 보는 거예요. 선생님은 처음 타 본 차에서 처음 만난 분이에요. 어디까지 가시나요?"

이때 안내방송이 '수원역입니다. 내리실 문은 오른쪽입니다.'하고 우리 대화를 막았다. 내가 자리에서 일어서며 대답했다.

"지금 내려야 해요. 수원이에요."

"수원이 서울서 이렇게 가까워요?"

"조치원보다는 가깝지요. 안녕히 가세요."
그녀는 책을 들고 웃으며 말했다.
"저 이 책 다 읽을 거예요. 안녕히 가세요. 고마워요."
이렇게 10분간의 정담은 끝났다.

돌아오면서 생각해 보니 내 옆에 맨 먼저 앉았던 아가씨는 독일인이었고 두 번째 만난 옆 사람은 방글라데시(1971년 파키스탄에서 분리 독립한 나라) 출신 청년이었다.

그 청년하고 말을 건네 보았지만 그는 엉터리 우리말이었고 그 다음에 만난 아가씨는 중국 출신이었는데 우리말을 아주 잘하고 친절해서 사진도 같이 찍어 보았다.
어제는 일본인으로 외국인과 4번째 만난 동석이었다.

기차 여행이 이래서 재미있는지도 모른다. 옆 사람이 외모는 한국인 같지만 뚜껑 덮인 항아리 판도라 상자 같으니 말을 건네 보지 않고는 그가 누군지 모른다.
그렇게 생각해 보면 옆 사람에 대하여 그가 누구든지 예의를 잘 갖추지 않으면 안 될 것이라는 생각이다.

심혁창 발표작

「호국문예」 '독보법', 「한국아동문학」 '엄마는 거짓말쟁이'로 등단
1975년 판타지 『어린공주』발표 후 『대왕 람세스와 집시』.
『별빛 쏟아지는 최전선의 밤』.『무릎으로 만난 그리스도』.
『나는 가짜 크리스천이었다』.『아름다운 변신』.
판타지 장편동화 『투명구두 전 7권』.
『사랑은 작두로도 베지 못합니다』.
시집 『당신에게 들려주고 싶은 말』.

이 외 창작동화

『별이 삼남매』.『어부와 잉어의 사랑』.『내가 그렇게 무서우냐?』.
『강아지 삼남매』.『쉿! 이건 비밀이에요』.『등 붙이고 코뽀뽀』.
『넓고 넓은 바닷가에』.『문어 선생님』.『왕따 대통령』.
『우리 아빠는 국회의원감이 아니에요』.『왕호랑이와 임금님』.
『행복을 파는 할아버지』.『두꺼비 공주』.『귀 밝은 임금님』.
『바보 노아』.『나는 어린 왕자』.『헌 책방 할아버지』.
『과학귀신의 전략』.『하여간 아저씨』.『으라차차 뚜벅이』.
『행복이 주렁주렁』.『꽃사슴과 할머니』.『노랑머리 키다리』.
『울지 마 엄마』.『왕따 어흥이』.『날개 없는 천사』.
『키다리 바보 삼촌』.『엄마가 장롱 뒤에 숨었어요』.
『쌤통 구두쇠영감』.『별을 세는 아이들』.
* 넷째 남자, 울타리에 연재중
* 간보링, 동화마을 이장님, 뻐꾸기와 종달새, 동물공화국,
몽마르트언덕의 사랑, 등 20종 출판 준비중